Thomas est de retour

DU MÊME AUTEUR

La rétrospection, roman, Éditions Pierre Tisseyre, 1977.
La visiteuse, nouvelle (avec *Le dragon blessé* de Claude R. Blouin), APLM, 1979.
Jérôme et les mots, nouvelles, Éditions Pierre Tisseyre, 1980.
La vie d'hôtel en automne, roman, Éditions Pierre Tisseyre, 1983.
Un homme paisible, nouvelles, Éditions Pierre Tisseyre, 1986.
Petits formats, poésie, Écrits des Forges, 1987.
La Terre comme un dessin inachevé, poésie, Écrits des Forges, 1990.
Au cru du vent, poésie, en collaboration avec Bernard Pozier, Écrits des Forges et Musée d'art de Joliette, 1990.
Comme un lièvre pris au piège, roman pour les adolescents, Éditions Pierre Tisseyre, 1992.
Parfois même la beauté, poésie, Écrits des Forges et Le dé bleu (France), 1993.
Les figurants, nouvelles, Éditions Pierre Tisseyre, 1995.
Ainsi nous allons, poésie, Écrits des Forges, 1997.
Tu crois que ça va durer ?, roman, XYZ éditeur, 1999.
Avec notre fragilité ordinaire, poésie, Écrits des Forges et Grand Océan (La Réunion), 1999.
Cinéma urbain, poésie, Écrits des Forges, 2002.
Au café ou ailleurs, nouvelles, XYZ éditeur, 2004.
Todo está perdido, todo se vuelve a encontrar/Tout est perdu, tout est retrouvé, poésie, édition bilingue en espagnol et en français, Secretaria de cultura, État de Colima (Mexique) et Écrits des Forges (Québec), 2006.
Au jour le jour, nouvelles, XYZ éditeur, 2006.
David et les autres, roman, XYZ éditeur, 2008.
Comme on joue du piano, essai, Éditions Trois-Pistoles, coll. « Écrire », 2010.

Donald Alarie

Thomas est de retour

roman

XYZ
éditeur

Catalogage avant publication de Bibliothèque et Archives nationales du Québec et Bibliothèque et Archives Canada

Alarie, Donald, 1945-

Thomas est de retour : roman

(Romanichels)

Suite de : David et les autres.

ISBN 978-2-89261-577-7

I. Titre. II. Collection : Romanichels.

PS8551.L37T46 2010 C843'.54 C2010-940096-8

PS9551.L37T46 2010

La publication de cet ouvrage a été rendue possible grâce à l'aide financière du ministère du Patrimoine canadien par l'entremise du Programme d'aide au développement de l'industrie de l'édition (PADIÉ), du Conseil des Arts du Canada (CAC) et du ministère de la Culture et des Communications du Québec (MCCQ) par l'entremise de la Société de développement des entreprises culturelles (SODEC).

Conception typographique et montage : Édiscript enr.
Maquette de la couverture : Zirval Design
Photographie de la couverture : Donald Alarie, *Au parc*, 2009
Photographie de l'auteur : Martine Doyon

ISBN 978-2-89261-577-7

Dépôt légal : 1er trimestre 2010
Bibliothèque et Archives Canada
Bibliothèque et Archives nationales du Québec

Distribution/diffusion au Canada :
Distribution HMH
1815, avenue De Lorimier
Montréal (Québec)
H2K 3W6
Téléphone : 514.523.15.23
Télécopieur : 514.523.99.69
www.distributionhmh.com

Distribution/diffusion en Europe :
DNM-Distribution du Nouveau Monde
30, rue Gay-Lussac
75005 Paris, France
Téléphone : 01.43.54.49.02
Télécopieur : 01.43.54.39.15
www.librairieduquebec.fr

Imprimé au Canada

www.editionsxyz.com

En plus de la relation naturelle qui existait entre eux, S. et A. étaient attirés l'un vers l'autre par des besoins convergents : pour l'un, celui d'un fils qui l'acceptât tel qu'il était ; pour l'autre, celui d'un père qui l'acceptât tel qu'il était.

PAUL AUSTER,
L'invention de la solitude

Thomas, alias Tom

Quand je suis parti pour le nord de l'Ontario, près de Sturgeon Falls, je disais à tout le monde que je m'envolais pour l'Australie. Je me souviens encore des regards d'envie ou d'admiration qu'on me lançait. Je m'étais d'ailleurs longuement documenté sur ce pays qui me fascinait depuis longtemps et où je rêvais d'aller un jour. Les gens me posaient des questions auxquelles je répondais avec l'assurance de celui qui sait vraiment où il s'en va : Canberra, Perth, les diverses espèces de kangourous, le monolithe d'Ayers Rock, les termitières géantes de la terre d'Arnhem, l'Opéra de Sydney… Et j'ajoutais que cela me permettrait, évidemment, de séjourner en Nouvelle-Zélande et de visiter le parc thermal de Rotorua et des villes comme Wellington ou Auckland. Je disais à ceux qui soulevaient la question que je ne savais pas pour combien de temps je partais. Il m'arrivait même de répondre : « Peut-être pour toujours… »

J'avais vainement tenté de me trouver un emploi en Australie, mais mes démarches avaient échoué. Pour le moment, les compagnies que j'avais contactées ne semblaient pas avoir besoin des services d'un ingénieur comme moi. Puis une offre était venue d'une compagnie ontarienne. Une offre très intéressante. J'avais donc opté pour l'Ontario, en me disant que je perfectionnerais ainsi mon anglais, que je prendrais de l'expérience dans mon domaine et que, par la suite, je pourrais de nouveau tenter ma chance en Australie. Mes petits moyens ne me permettaient pas d'y aller en simple touriste.

D'où me venait cette idée de vouloir travailler en anglais ?... Mon père était pourtant un nationaliste convaincu. Il espérait voir le Québec devenir un jour un pays indépendant. Lorsqu'il parlait de René Lévesque et de Pierre Bourgault, il avait des tremblements dans la voix. Il regrettait que les deux n'aient pas réussi à s'entendre. La fougue et l'expérience... Il n'aura jamais eu la chance de voir son grand rêve se réaliser puisqu'il est décédé il y a quelques années. D'ailleurs, même s'il avait vécu jusqu'à cent ans...

Nous avons eu jadis de houleuses discussions à ce sujet. Jusqu'à quel point cela a-t-il joué dans ma décision de partir ?... J'avais besoin de prendre mes distances face à ce Québec où tout se définissait en termes de fédéralisme ou d'indépendantisme. Moi, j'étais plutôt de l'avis de ma mère, qui ne croyait pas en ce projet qu'elle qualifiait de *farfelu*. J'entends encore mon père se mettre à crier lorsqu'elle employait un tel adjectif. Quand il était à court d'arguments, il lui lançait : « On sait bien, toi, tu ne peux pas nous comprendre... » Ils se disputaient souvent et la politique était un de leurs sujets de prédilection pour activer ces heures de tourmente familiale. Cela durait depuis des années. Comment ont-ils fait pour cohabiter durant tout ce temps ? Plus de quarante ans. Leur amour devait être plus fort que leurs sujets de mésentente. Cela s'arrangeait peut-être en douceur, le soir, sur l'oreiller...

En les écoutant argumenter, j'en étais venu non seulement à prendre le parti de ma mère mais aussi à penser que je devais m'inscrire quelque part en anglais sur cette Terre. Pour moi, c'était devenu LA langue universelle par laquelle tous les peuples finiraient par communiquer. J'aimais bien répéter alors que j'étais un homme du monde et que la nationalité importait peu. Je voulais même apprendre plusieurs langues. Pourquoi pas ? J'aurais pu aller travailler pour une compagnie de Montréal ou d'Ottawa, mais j'éprouvais le besoin de m'éloigner encore plus. Je voulais oublier un peu la petite ville où ma famille était venue s'installer alors que j'étais encore enfant. J'avais besoin de dépaysement.

Ma mère est née de parents anglophones, dans la région de Sherbrooke. Quand j'étais jeune, nous allions parfois rendre visite à son père et à sa mère, surtout durant l'été. Ils nous recevaient toujours avec grande dignité, de façon un peu trop solennelle. Je me sentais gêné devant eux, même s'ils s'efforçaient de me parler en français. Je me souviens qu'ils avaient une grande maison. Et un serviteur. Et même une cuisinière, qui semblait heureuse de nous voir arriver. C'étaient des gens à l'aise.

Mon père disait en riant qu'il avait épousé une Anglaise pour la convertir au français. Et il ajoutait : « J'aurai fait ma part… Si tout le monde agissait comme moi, on ne craindrait pas d'être assimilés un jour… » Il avait connu ma mère durant ses études universitaires à Montréal. Elle occupait un poste de secrétaire au Département d'histoire. Quand j'y repense, je me dis qu'elle avait voulu, elle aussi, s'éloigner de sa famille. Mon père, lui, était inscrit à la maîtrise dans le même département. Il était issu d'une famille plutôt modeste de l'est de Montréal.

Même si elle n'a pas fait d'études dans ce domaine, ma mère s'est intéressée à l'histoire de l'art, surtout à la peinture, durant toute sa vie. Il lui est arrivé de donner des conférences sur les automatistes ou sur d'autres peintres qu'elle affectionnait tout particulièrement, comme Léon Bellefleur. Elle est même allée rencontrer celui-ci alors qu'il avait atteint un âge avancé et elle est revenue de chez lui avec de la lumière dans les yeux. Je me souviens de l'avoir entendue dire : « Mais comment s'y prend-il pour faire vivre les couleurs sur la toile d'une telle façon ?... C'est bouleversant... »

Depuis que je suis tout jeune, ma mère m'appelle Tom, au lieu de Thomas. Et c'est comme cela que je me suis présenté durant de nombreuses années, Tom Martin. Un nom bilingue, en quelque sorte. Parfait pour moi. Parfait pour un homme qui se voulait au-dessus des nationalités.

Avant de partir pour l'Ontario, j'ai fait la connaissance d'une jeune femme que j'ai fréquentée pendant environ deux mois. Je la croisais dans un café près de chez moi. J'essayais d'attirer son attention, mais cela ne donnait rien. Puis un jour, au moment où j'étais sur le point d'y renoncer, j'ai compris que la chose devenait possible. Elle est venue s'asseoir à ma table, tout naturellement. Et elle a dit en toute simplicité : « Au lieu de nous observer de loin, du coin de l'œil, aussi bien faire connaissance. Vous n'avez pas l'air d'une mauvaise personne... Je m'appelle Annie. »

Nous avons eu de longues conversations dans ce café. Je faisais des blagues en lui suggérant de m'accompagner en Australie. Je voulais voir sa réaction. Si elle avait accepté, je lui aurais alors parlé de l'Ontario, où je devais me rendre dans les semaines à venir. Elle répétait qu'il n'était pas question pour elle de quitter sa ville natale. Elle allait souvent à Montréal pour son travail, mais elle voulait continuer à habiter dans cette petite ville où elle était née, où elle avait grandi. Elle était une des premières femmes avec qui je me sentais tout à fait à l'aise. J'aimais son assurance face à la vie et à tout ce qui peut nous faire trébucher.

Annie venait de terminer des études de droit. Elle donnait l'impression de quelqu'un qui voulait tenter de corriger certaines injustices plus inacceptables que d'autres. Par exemple la violence faite aux femmes. Elle aurait pu tenir tête à n'importe qui sur le sujet. Elle disait qu'une femme sur trois dans le monde subissait, durant sa vie, la violence à cause de son sexe. Dans certains coins du globe, cela atteignait jusqu'à soixante-dix pour cent. Elle faisait partie, dans notre petite ville, d'un groupe combattant la violence imposée aux femmes jeunes et vieilles. Elle expliquait que cela commençait souvent en bas âge, dans les cours d'écoles secondaires. Deux fois, elle m'a parlé des refuges pour femmes battues : « J'ai lu quelque part, m'a-t-elle répété, que les refuges pour femmes battues qui existent au Canada accueillent plus de soixante mille femmes chaque année... » C'est un chiffre que je n'ai jamais oublié.

Une fois, elle s'est tellement emportée qu'elle m'a effrayé. J'étais mal à l'aise. Je me sentais presque honteux d'être un homme. En voyant ma réaction, elle s'est excusée : « Je monte parfois sur mes grands chevaux quand j'aborde ce sujet... J'ai de la difficulté à rester calme quand je repense à tout ce qu'on me raconte sur ces femmes maltraitées... Sans compter ce que leurs enfants subissent eux aussi... »

Annie faisait parfois allusion à son père, écrivain pour qui elle avait un immense respect. Un jour nous l'avons croisé, cet homme, alors que nous marchions dans un parc. Il m'a serré la main avec gentillesse. J'ai pensé que c'était un rêveur un peu timide qui ne me ressemblait pas beaucoup. Mais comment se faire une idée juste de quelqu'un qu'on croise pendant deux ou trois minutes ? J'ai tout de même retenu son nom, David. Il a poursuivi son chemin après avoir embrassé Annie et nous avoir souhaité une bonne journée. Annie m'a dit qu'il venait souvent dans ce parc pour lire ou tout simplement pour marcher sous les grands arbres. Et elle a précisé : « Je pense qu'il trouve ici une source d'inspiration… Il écrit depuis plusieurs années… Il n'a jamais publié de best-sellers, mais il est reconnu dans le milieu littéraire. Ce n'est pas le genre à faire des coups d'éclat pour attirer l'attention. Surtout pas… » Par contre, il a été rarement question de sa mère entre elle et moi. Elle m'a dit une fois son nom, mais je l'ai oublié.

Après avoir parlé du père d'Annie à quelques personnes autour de moi, j'ai réalisé que ce David était bien connu dans notre ville. À la fois en tant qu'écrivain et en tant qu'homme à tout faire. Comme il ne parvenait pas à gagner sa vie avec ses livres, il offrait ses services pour exécuter des petits boulots de peinture et de menuiserie. Et cela depuis longtemps. Un ami m'a même dit qu'il l'avait engagé et que cela s'était très bien passé. Un chic type, paraît-il. Et il a ajouté : « Il travaille plutôt lentement, mais c'est bien fait… C'est difficile de croire que cet homme a publié de nombreux livres. Il n'a pas l'air d'un intellectuel… »

Quelques mois plus tard, j'ai lu un de ses romans sur lequel je suis tombé par hasard, dans une librairie d'occasion. J'y cherchais des manuels d'informatique. Comment ce roman s'était-il rendu jusqu'en Ontario ? Un voyageur l'avait sans doute laissé là en passant. Je devrais plutôt employer le mot voyageuse puisqu'on dit que ce sont surtout les femmes qui lisent des romans. Moi, j'ai plus ou moins aimé cela, mais je ne suis surtout pas une référence en matière littéraire. À ce moment-là, je ne voyais pas trop à quoi servait la littérature. Annie aurait sans doute pu m'aider dans ce domaine… Le titre de ce roman : *Tu crois que notre tour viendra ?* Le personnage principal vivait seul après avoir perdu sa femme et sa fille dans un accident d'auto. Il se sentait coupable, parce que c'était lui qui conduisait lors du drame. Il travaillait dans un musée. Une histoire un peu triste avec une fin qui laissait place à l'espoir malgré tout.

Dix jours avant mon départ, Annie m'a invité chez elle pour un repas. « Quelque chose de simple, sans prétention », a-t-elle précisé. Le désir que j'éprouvais pour elle me faisait rêver à une telle situation depuis un moment. Je n'ai pas eu à franchir le pas le premier. Après le repas, je me suis retrouvé dans sa chambre et Annie a accompli tous les gestes qui ne laissaient aucun doute sur ses intentions. J'étais tout à coup un peu intimidé par cette femme si sûre d'elle. Mais tout s'est déroulé avec bonheur. Nous avons recommencé deux autres fois dans les jours suivants. Toujours chez elle. J'avais abandonné mon logement depuis deux semaines et j'habitais chez mes parents en attendant mon départ. Après avoir fait l'amour, nous nous quittions sans parler. Mais j'étais rassuré, je savais que je la retrouverais au café, le lendemain, en fin de journée.

J'étais prêt à le retarder, ce grand départ prévu depuis longtemps, lui dire la vérité sur ma destination et tenter de la convaincre de me suivre. Mais encore là, c'est elle qui a pris les devants. Je devais partir, elle ne me suivrait jamais. Ce que nous avions vécu avait été bien agréable, mais je n'étais pas l'homme de sa vie. J'avais été pour elle une belle rencontre lui ayant permis de vivre une relation enrichissante. Rien de plus. Mais c'était déjà beaucoup… Elle ne voulait surtout pas modifier mes projets. « Je préférerais qu'on ne s'écrive pas, m'a-t-elle dit. Conservons l'un de l'autre un doux souvenir… »

J'ai senti tout de suite que je n'y pouvais rien. Je l'ai revue une dernière fois, la veille de mon départ. Comment ferais-je pour résister à la tentation de lui écrire ?… Elle m'a répété que ce ne serait pas là une heureuse idée. Avant de me quitter, elle m'a remercié pour toutes ces heures que j'avais partagées avec elle. Je sentais qu'elle était émue, même si elle avait bel et bien dit que je n'avais été pour elle qu'un *agréable compagnon*. J'ai encore en mémoire cette expression. Quelle aurait été sa réaction si j'avais abandonné mon projet de départ pour rester auprès d'elle ?…

Je suis parti tôt le lendemain matin. Elle était persuadée que j'en avais pour une trentaine d'heures de vol, sans compter deux escales, alors que le soir même j'étais rendu à destination, où je visitais le logement qu'un cadre de la compagnie qui m'employait m'avait déniché la semaine d'avant. Un petit trois pièces et demie très propre et bien situé. Cet homme était d'ailleurs gentil et il deviendrait rapidement un ami. Il s'appelait Bob Maxwel. Il m'a confié qu'il voulait absolument apprendre le français. Je me suis donc transformé en professeur pour lui. Il parlait toujours français avec moi. Au bout de quelques mois, j'ai même été obligé de me procurer quelques volumes pour ne pas lui enseigner cette langue de la mauvaise façon. À côtoyer des anglophones, j'en étais venu à truffer mon langage d'anglicismes, de tournures incorrectes lorsque je parlais français : *canceller*, *back order*, *making of*, *low profile*, *jusqu'à date*… Au fond, pendant les quinze ans où j'ai habité en Ontario, cet ami m'a aidé à mieux maîtriser ma propre langue. Il m'a aidé à ne pas oublier mes racines.

Des expressions de ce genre, je dois admettre que j'en utilisais déjà parfois avant, quand je vivais au Québec. Ma mère, qui a d'ailleurs conservé un petit accent toute sa vie, s'efforçait de bien parler, dans une langue comme dans l'autre. Il lui arrivait de corriger mon père. Je me souviens qu'un jour, alors que celui-ci se vantait devant nous d'avoir été « nommé sur un comité », elle lui a fait remarquer en souriant qu'il avait plutôt été « nommé membre d'un comité ». Il ne l'a pas pris, d'être corrigé par sa propre femme, une Anglaise en plus…

Ce comité était chargé de préparer un nouveau programme pour l'enseignement de l'histoire au niveau secondaire. Nous en avons entendu parler à la maison pendant plusieurs mois. L'histoire, c'était la passion de mon père. Je crois que je l'ai un peu déçu en devenant ingénieur. Il aurait sans doute aimé que je suive ses traces.

Quelques mois après mon arrivée en Ontario, j'ai un jour écrit à Annie. Dans cette lettre, je lui donnais mes coordonnées et je l'invitais à venir me rendre visite. Je lui parlais de mon travail et je lui avouais, sans trop insister, que je m'ennuyais de nos rencontres au café. Je me doutais qu'elle n'approuverait pas cette initiative, mais j'espérais me tromper. Eh bien, je ne me trompais pas. Elle ne m'a jamais répondu. Non seulement cela, mais ma lettre m'est revenue avec la mention *déménagée sans laisser d'adresse.* C'était peut-être elle qui avait écrit cela sur l'enveloppe en voyant mon nom dans le coin gauche. Avait-elle pris connaissance de son contenu ? Il semblait bien que non. En recevant ma lettre, elle avait évidemment vu que celle-ci n'arrivait pas de l'Australie. Mais cela n'avait plus d'importance pour moi.

Je revenais au Québec quatre ou cinq fois par année pour voir mes parents. Ils semblaient bien heureux que je ne me sois pas exilé aussi loin que prévu. C'étaient de brefs séjours qui me permettaient de constater qu'ils vieillissaient et que je n'y pouvais rien. Ils paraissaient ne pas avoir perdu leur habitude de discuter vivement à la moindre occasion. Maintenant à la retraite, mon père aurait aimé voyager alors que ma mère semblait devenue terriblement sédentaire. Elle disait qu'elle ne supporterait pas les déplacements, les attentes dans les aéroports, les imprévus. Tout cela l'énervait rien que d'y penser. Il lui arrivait de faire des crises d'angoisse et elle précisait que voyager n'aurait qu'amplifié ce problème. Mon père a une fois décidé de partir seul, à Paris, durant deux semaines. Même la possibilité pour ma mère d'aller visiter les grands musées parisiens ne l'a pas convaincue de l'accompagner.

Lors d'un de ces séjours chez mes parents, j'ai croisé Annie par hasard. Je me souviens que c'était un samedi, en après-midi. Elle était surprise de me voir, peut-être même un peu gênée. En tout cas, elle m'a quitté rapidement, après cinq minutes. Elle avait plein de choses à faire, répétait-elle.

Et puis elle a précisé : « J'ai un rendez-vous, quelqu'un m'attend. Je regrette… J'ai toujours détesté être en retard… » J'ai pensé qu'il s'agissait d'un homme et je n'ai pas insisté. En la regardant s'éloigner d'un pas toujours aussi énergique, je me suis dit qu'elle aurait pu être la femme de ma vie.

Puis un matin, alors que je m'apprêtais à partir pour le travail, j'ai reçu un appel de ma mère. Elle semblait bouleversée. Elle passait de l'anglais au français dans la même phrase, ce qui ne lui arrivait jamais. Elle a fini par me dire : « C'est ton père. Il n'allait pas bien depuis deux jours, mais il ne voulait pas aller consulter. Il parlait d'étourdissements. Mais il répétait que ce devait être passager, causé par la fatigue. *This morning*, il s'est effondré sur le tapis du salon. Il… *He is dead*… C'est terrible… *Dead*… J'ai besoin de toi… »

Ce séjour imprévu a duré deux semaines. J'en garde un souvenir troublant. Je me sentais démuni. Dépassé par les événements. Ce père qui se plaisait à faire des envolées enflammées sur le pays à naître et à citer Gaston Miron n'existait plus. Lui toujours plein d'énergie était maintenant réduit à une petite urne posée discrètement dans un coin, à côté de quelques photos. Il avait souvent répété qu'il ne voulait pas qu'on expose son corps sans vie à la vue de tous. Sur cela, j'étais tout à fait d'accord avec lui. Et ma mère également. Cela n'avait pas fait l'objet d'une vive discussion. Le couple formé par Jean-Marc et Maureen n'existait plus.

À cette occasion, j'ai revu plusieurs parents que je n'avais pas côtoyés depuis longtemps. Comme c'est le cas au moment de décès. On me posait des questions sur mon travail. On s'inquiétait aussi pour ma mère. Que deviendrait-elle ? Heureusement, une solution s'est imposée rapidement, dès le lendemain des funérailles. Sa sœur cadette, qui vivait seule à Sherbrooke depuis son divorce, viendrait habiter avec elle. Quel soulagement… Elle avait deux fils qui verraient au déménagement et à son installation.

Pour ce qui est de l'urne funéraire, elle est restée longtemps sur une petite table dans le salon. Ma mère ne se décidait pas à s'en débarrasser. Puis un jour, accompagnée de sa sœur, elle est allée répandre les cendres dans un lac situé à trente kilomètres de là. C'était, semble-t-il, le souhait de mon père. Il s'y réfugiait parfois, les beaux jours d'été, une canne à pêche à la main. Il ne voulait être accompagné de personne. Pas même de moi.

Avant de retourner en Ontario, j'en ai profité pour aller marcher dans le quartier où habitait Annie. Comment réagirait-elle si elle me trouvait là, à quelques pas de son logement ? Je me souviens d'avoir été tenté d'aller sonner chez elle, mais je ne l'ai pas fait. Une étrangère m'aurait possiblement répondu que je me trompais d'adresse.

Pendant que j'étais tout près, j'ai vu soudain un jeune garçon dévaler l'escalier en courant. Il devait avoir huit à dix ans. Il a interpellé un autre gamin qui marchait un peu plus loin. Celui-ci lui faisait signe en criant : « Dépêche-toi, Benoît, on va encore être en retard… Michaud va être en maudit, tu le connais… Je n'ai pas envie de faire de la retenue… » Je les ai regardés s'éloigner bruyamment. Je me sentais tout à coup bien vieux.

En me retournant pour partir, j'ai aperçu un visage de femme qui m'observait dans la fenêtre de la maison voisine.

C'était madame Maheux. Annie m'avait parlé d'elle, me l'avait même présentée. Mais là, elle ne semblait pas me reconnaître. Au moment où je lui ai souri, son visage a disparu derrière un épais rideau. Elle devait sûrement avoir plus de quatre-vingts ans maintenant.

Moi, j'approchais de la quarantaine. Toujours célibataire. Absorbé par mon travail. Heureusement, de ce côté-là, tout allait bien. On se disait satisfait de moi. On m'envoyait parfois rencontrer des gens aux États-Unis pour signer des contrats. Cela me permettait de visiter de nouvelles villes. Et j'étais tout à fait bilingue, ce qui était un avantage sur plusieurs de mes collègues. C'est ainsi qu'une fois j'ai fait un séjour d'une semaine en France. Bob, lui, s'en sortait de mieux en mieux en français.

Je venais voir ma mère plus souvent et j'avais renoncé à l'idée d'aller vivre en Australie. J'avais eu quelques aventures ici et là. Les Ontariennes aimaient parfois avoir une *date* avec un Québécois, mais de là à tomber amoureuses de lui… Il y a pourtant eu deux femmes que j'ai fréquentées plus longtemps que les autres.

D'abord Lucy. Elle était ravissante, presque trop belle. Et très sexy. Et elle le savait. Les hommes se retournaient sur son passage. Elle m'avait dit en riant, à quelques reprises, qu'elle aimerait bien faire l'amour à la française. Au bout de trois fois, j'ai compris que ce n'était pas une blague.

Pendant près de quatre mois, nous avons fait l'amour comme cela ne m'était jamais arrivé dans ma vie. Elle ne se lassait pas. Et moi non plus. Cela commençait parfois dans l'ascenseur qui menait à l'étage où elle habitait. Quelqu'un nous a même surpris un jour, devant sa porte, presque nus. Elle m'a dit une fois : « C'est souvent les hommes qui ont l'air un peu coincés qui sont les meilleurs au lit… Un coup dégênés… » C'était sans doute un compliment. Mais au bout de trois mois, elle m'a fait comprendre que c'était terminé. Je voulais que cela continue. J'ai insisté un peu et notre relation s'est poursuivie encore deux semaines. Elle désirait sans doute aller voir ailleurs. Ou elle avait trouvé un autre homme encore plus coincé que moi qu'elle espérait transformer en brasier…

Avec Ann, c'était plus sérieux. J'ai même cru que ça y était. Une fille complètement différente de l'autre. Beaucoup plus réservée. Avec des principes et des bonnes manières. Elle était hygiéniste dentaire. Je pense que ma mère l'aurait aimée. C'est quand elle m'a présenté à ses parents que les choses se sont gâtées. J'ai rapidement compris qu'ils craignaient pour leur fille. Que craignaient-ils ? Qu'elle parte un jour avec moi pour le Québec. Qu'elle ait des enfants qui ne parlent que le français. Ils avaient peur de la perdre. Et cela a tout compliqué. Je leur ai pourtant parlé de ma mère, anglophone de naissance. Cela n'a pas été suffisant.

Le père d'Ann était un géant, ancien centre-arrière de l'équipe de football de Hamilton. Il aurait pu m'écraser comme une mouche. Lorsqu'il me regardait, j'avais l'impression que c'est ce qui allait m'arriver d'un instant à l'autre. Sa mère me semblait plus gentille. Mais on voyait bien que, dans leur couple, c'était l'ancien foolballeur qui gérait les choses importantes.

Ann était leur unique enfant. Elle se sentait incapable de leur faire un tel coup. Le fait que j'avais dix ans de plus qu'elle a possiblement joué un peu dans sa décision. Nous nous sommes séparés après trois mois de fréquentations. J'ai eu de la difficulté à m'en remettre. Je suppose qu'elle ne m'aimait pas vraiment.

Entre-temps, Bob s'était marié, avait fondé une famille. C'était peut-être la bonne façon d'être heureux… Je gardais parfois son fils, le petit William, lorsque lui et sa femme voulaient sortir. J'étais son parrain. C'était un rôle qui me plaisait.

Aurais-je pu y consacrer plusieurs années de ma vie ? Je l'ignorais…

Je n'avais parlé à personne, sauf à Bob, de ces malaises que je ressentais un peu partout dans mon corps et qui avaient commencé à m'inquiéter quelques mois plus tôt. Je n'avais pas touché mot de cela à mes parents. C'était avant la mort de mon père. Inutile de les effrayer avec mes problèmes. J'avais opté pour cette attitude envers eux depuis de nombreuses années. Je m'étais rendu compte qu'un rien pouvait les alarmer et qu'ils m'en parlaient souvent par la suite. Ma mère me disait parfois : « Tu dois bien avoir des petits ennuis à l'occasion. Tu n'en fais jamais mention… À te regarder aller, on dirait que tout est toujours parfait. Tu n'es pas du genre à te plaindre pour rien… »

Un jour, je lui ai parlé du petit William que je gardais parfois. J'ai senti alors, même si elle ne le disait pas ouvertement, qu'elle aurait bien aimé devenir grand-mère avant d'être trop vieille pour s'en rendre compte. Et j'étais le seul à pouvoir lui procurer un tel bonheur.

À la suggestion de Bob, je m'étais finalement décidé à aller consulter. J'ai dû attendre plusieurs semaines avant de pouvoir passer des examens. On m'a trouvé une place à cause d'une « cancellation ». Ce mot m'a fait sourire. Je me suis contenté de répondre à la dame qui s'adressait à moi en français au bout du fil : « Je suis bien chanceux, je peux prendre la place de quelqu'un qui a annulé son rendez-vous… » Il avait donc fallu que je m'éloigne de chez moi, que je travaille en anglais, pour devenir si conscient des erreurs de français des autres.

Parfois, j'avais de la difficulté à marcher normalement. On aurait dit que mes jambes me laissaient tomber. Depuis mon arrivée dans ce coin de pays, je faisais pourtant de l'exercice de façon régulière au centre d'entraînement mis à la disposition des employés de la compagnie. Mais cela devenait de plus en plus difficile. Épuisant. Je n'étais vraiment pas en forme.

Puis, j'ai reçu une réponse à tout cela qui m'a bouleversé. J'avais consulté un spécialiste qui était bilingue. Ses parents étaient nés au Québec. Il se faisait un plaisir de me parler en français. Ses explications m'ont empêché, pendant un bon moment, de quitter la chaise sur laquelle j'étais assis. Il m'a parlé d'une maladie qui s'attaquait au système nerveux central. Et du travail des chercheurs dans ce domaine. Des cellules souches neuronales qui pouvaient se transformer en cellules réparatrices des lésions de la myéline… Tout n'était pas perdu, mais je devais envisager de m'adapter peu à peu à une nouvelle vie. Chez certaines personnes, la maladie progressait moins rapidement que chez d'autres. Il était trop tôt pour prévoir comment mon organisme réagirait. Je n'ai pas retenu tout ce qu'il me disait.

J'irais voir sur Internet pour en savoir plus. Quand j'aurais le courage d'affronter tout cela…

Il y a eu, dans les mois suivants, des hauts et des bas. Certains matins, je me disais que je vaincrais la maladie, qu'il suffisait de le vouloir, que tout n'était qu'affaire de volonté. Les cas exceptionnels ne se comptaient plus. Il y avait des vainqueurs, quel que soit le problème. Des sortes de miracles se produisaient. Je serais un de ceux-là. On pourrait éventuellement utiliser ma photo dans un dépliant conçu pour donner espoir aux personnes atteintes de la même maladie que moi. Et puis ce médecin, Monsieur Séguin, avait peut-être fait une erreur d'évaluation. Cela s'était déjà vu…

Tous ces efforts d'autosuggestion m'ont aidé un moment. Je me suis remis à l'exercice, accompagné de Bob qui semblait plus inquiet que moi à ce moment-là. Quand j'allais le chercher chez lui avant que nous nous rendions au gymnase, son épouse ne savait plus quelle attitude adopter à mon endroit. Je devais la rassurer, elle aussi. Cette période de surexcitation a duré au moins cinq semaines, peut-être plus. Je croisais parfois Lucy qui s'entraînait au même endroit que moi. Elle était toujours accompagnée d'un grand blond au corps d'athlète. Je comprenais pourquoi elle m'avait délaissé…

Puis un matin où j'étais en train de m'habiller, les douleurs sont revenues, dans les jambes surtout. J'ai dû déployer un effort surhumain pour me mettre debout. J'y suis arrivé, mais cette journée m'a paru une éternité. Le soir venu, il n'était pas question de faire de l'exercice. Ce que Bob a compris rapidement en me voyant marcher.

C'était parfois quand j'étais le plus abattu et que j'avais même pris quelques journées de congé que je retrouvais tout à coup le moral et reprenais la lutte contre mon propre corps. Il m'avait bien servi depuis presque quarante ans. Pourquoi me laisserait-il tomber subitement ? On n'abandonne pas un ami comme cela, sans raison valable…

Je me suis souvenu un jour d'une petite phrase qu'on pouvait lire sur le mur du café où je rencontrais jadis Annie. La propriétaire de l'endroit, bibliothécaire de formation, avait placé ces quelques mots près de la caisse, pour que tous les clients puissent les voir : *Vivre est notre seule chance.* Je n'avais retenu que le prénom de l'auteur : Jean Pierre, sans trait d'union. Cette phrase me servait de point de repère. Il me semblait alors que j'avais trouvé une raison d'être à la littérature. Ces cinq mots, peut-être extraits d'un roman ou d'un essai, m'aidaient à tenir le coup.

Jusque-là, j'avais refusé de prendre des médicaments qui auraient pu atténuer la douleur, redonner un peu de souplesse à mon corps. Les mois passant, je dus retourner voir le docteur Séguin et admettre que j'avais besoin de son aide. À partir de ce moment-là, j'ai dû me soumettre à un programme d'exercices bien précis qui m'aiderait, mais ne pourrait jamais me redonner la forme d'antan. Aucun excès n'était désormais permis pour moi. Je devais continuer à vivre en me servant de tout ce qui pourrait me faciliter les choses. Les premiers symptômes de ma maladie étaient apparus quinze mois auparavant.

Quand je croisais quelqu'un qui se déplaçait en fauteuil roulant, je détournais les yeux. Cette vision m'était insupportable. J'ai commencé alors à faire de terribles cauchemars dans lesquels je me perdais dans des labyrinthes dont je n'arrivais plus à sortir. À d'autres moments, je me transformais en animal unijambiste ou en oiseau incapable de voler. Je me retrouvais finalement étendu au sol, incapable de me relever. Je m'éveillais en sueur, le souffle court.

Comme je n'étais pas allé la voir depuis un bon moment, ma mère s'est un jour décidée à me rendre visite. C'est un ami, plus jeune qu'elle, qui l'a accompagnée jusque chez moi. Un bien long voyage pour elle. « Maurice est un bon ami mais rien de plus, m'a-t-elle confié alors que nous étions seuls. Je ne remplacerai jamais ton père, sois sans crainte… »

Constatant que je me déplaçais difficilement, elle a fini par s'inquiéter et me poser des questions. Je lui ai dit que je m'étais blessé en jouant au soccer avec des collègues de travail. Une mauvaise chute au moment où la partie tirait à sa fin. Cela irait mieux dans une semaine ou deux. « Tu n'as peut-être plus l'âge pour ce genre de sport, m'a-t-elle fait remarquer en souriant… Tu n'es pas vieux, mais tu n'es plus un adolescent… »

Je suis tout de même parvenu à lui faire visiter la ville où j'habitais. Je lui ai présenté quelques amis, dont Bob et son épouse, Kate. Et le petit William, qui se déplaçait maintenant plus vite que moi. On me le confiait plus rarement. Peut-être avait-on peur que je ne sois plus capable de bien m'en occuper.

Avec son ami, ma mère est allée visiter le seul musée des environs. Je pourrais me reposer un peu pendant leur absence… Elle en est revenue, au bout de deux heures, tout heureuse d'y avoir découvert un tableau d'un peintre qu'elle connaissait de renom mais dont elle n'avait jamais vu le travail. Elle avait acheté une reproduction de ce tableau. On y voyait une femme de dos, assise devant son miroir, l'air inquiet. Une œuvre dans laquelle dominaient des teintes de bleu. Ma mère n'en revenait pas. Elle n'avait pas perdu son grand intérêt pour la peinture. S'était-elle aperçue que cette femme lui ressemblait ?... Fasciné par cette ressemblance, j'en ai oublié le nom du peintre.

« Quand je reviendrai te voir, nous irons ensemble visiter ce musée... Dans les derniers temps, ton père n'était plus intéressé à aller dans les musées. Il se contentait de feuilleter les revues d'art que nous avions à la maison. Pauvre lui, disparu si subitement... Les choses n'ont pas toujours été faciles entre lui et moi. Tu le sais fort bien. J'ai même pensé le quitter à deux reprises, puis j'y ai renoncé. Je l'aimais, malgré toutes nos différences... Heureusement que j'ai maintenant ma sœur... Les premiers temps, j'ai eu de la difficulté à m'habituer à sa présence. Mais là, ça va. Nous allons vieillir ensemble. S'ils nous regardent de Là-Haut, nos parents sont sans doute fiers de nous voir réunies... » Cette dernière remarque me surprenait un peu dans sa bouche. Elle n'avait jamais manifesté une grande foi en l'existence de Dieu. Peut-être y était-elle venue en vieillissant... Il faudrait que je lui en reparle au moment opportun.

Lors de son départ, trois jours plus tard, elle semblait heureuse, rassurée. En me quittant, elle n'a pu malgré tout s'empêcher de faire une remarque humoristique sur le soccer, un sport réservé aux jeunes gens... « Et puis tu diras ça aussi à ton ami Bob, a-t-elle ajouté. Il ne faudrait pas que sa femme, qui a l'air si gentille, se retrouve du jour au lendemain avec un mari handicapé... » Je suis venu bien près de lui répondre que c'était sans doute plus difficile pour quelqu'un de se retrouver démuni s'il était seul. Mais, heureusement, je me suis retenu juste à temps.

Ma mère a été comme cela toute sa vie. Elle se souciait de tout le monde, y compris de personnes qu'elle connaissait à peine. Mes amis, les collègues de travail de mon père, les voisins, de lointaines cousines qu'elle n'avait pas vues depuis des années… Elle disait parfois : « Il faudrait bien que je téléphone à une telle… La dernière fois que je lui ai parlé, elle semblait inquiète pour sa santé… » C'était parfois quelqu'un qu'elle n'avait vu que deux ou trois fois dans sa vie.

Qu'elle se tourmentât un peu pour moi, et aussi pour Bob, ne me surprenait donc aucunement. Bob et Kate l'ignoraient, mais ils faisaient maintenant partie des centres d'intérêt de ma mère. Ils occupaient dès lors une petite case dans sa tête, avec leurs deux noms inscrits en lettres bien visibles. Elle ne les oublierait jamais.

Dans les années suivantes, ma vie s'est détériorée rapidement. Même le bon docteur Séguin semblait stupéfait de voir ma maladie évoluer à ce rythme. Il me répétait : « Vous êtes un cas atypique… J'en ai même parlé à un de mes confrères. Il n'en revient pas lui non plus… » Malgré tous les efforts que je faisais, cela devenait de plus en plus difficile de me déplacer. Je m'étais procuré un déambulateur, que j'utilisais de plus en plus souvent. J'ai dû finalement mettre ma mère au courant de ma situation. Cela lui a causé une peine énorme. C'est peut-être ça qui a accentué ses crises d'angoisse. Nous étions devenus, elle et moi, des gens fortement médicamentés. Pour des raisons différentes, bien entendu.

Très rapidement, la sœur cadette de ma mère n'a plus été capable de s'occuper de celle-ci. On a dû envisager de placer ma mère dans un centre d'hébergement pour personnes en perte d'autonomie. Si j'avais été en pleine santé, je n'aurais pas laissé une telle chose se produire. Mais dans ma condition, je me sentais bien incapable de prendre la situation en mains. Et j'ai fini par donner mon accord. C'est un ami de ma mère, Maurice, celui qui l'avait déjà emmenée chez moi à deux reprises, qui a vu à ce que la transition se fasse de la façon la moins douloureuse possible. Je pense qu'il était amoureux d'elle, pour s'en occuper de la sorte...

Comme la compagnie pour laquelle je travaillais était pleinement satisfaite de mes services et comme mes facultés intellectuelles n'étaient nullement touchées, on m'a confié du travail à faire à la maison. Je n'aurais pas à me déplacer. J'avais en plus, dans les années précédentes, suivi des cours de comptabilité, ce qui me permettait d'effectuer également du travail dans ce domaine.

Mais dès le mois suivant, ma décision était prise. J'allais quitter l'Ontario de façon définitive. Je voulais me rapprocher de ma mère, retourner vivre dans la maison de mes parents, dans la petite ville située à soixante-dix kilomètres de Montréal. Je pourrais continuer à travailler chez moi. Avec l'informatique, cela devenait possible.

La sœur de ma mère a pris elle aussi, dans les mois suivant mon retour, le chemin d'une résidence pour personnes âgées. Je me suis retrouvé seul dans la maison familiale. Quelques travaux ont été nécessaires pour que je puisse m'y déplacer, car j'utilisais maintenant un fauteuil roulant les jours où mes jambes ne pouvaient plus me supporter. Je savais que cette façon de me déplacer deviendrait éventuellement permanente. Une rampe d'accès a été aménagée pour me permettre de quitter la maison. Je n'avais qu'à donner un coup de fil et un taxi venait me chercher. Avec l'arrivée de la belle saison, les choses étaient plus faciles. Je pouvais circuler dans le quartier par mes propres moyens.

Je continuais à recevoir des nouvelles de Bob. Il est même venu me rendre visite une fois, accompagné de Kate et de William. Ils étaient tous trois consternés par ma situation. Cette visite m'a fait un grand bien. Et nous avons continué à nous écrire fréquemment des courriels dans lesquels nous parvenions à nous confier des choses que nous n'aurions pas laissé échapper de vive voix. Bob et Kate m'écrivaient séparément. Cela me donnait deux points de vue différents sur leurs vies. C'était parfois troublant. Comme lorsque Bob m'a parlé d'une aventure qu'il avait eue avec une collègue de travail et qu'il a ajouté : « J'ai peur que ce soit plus qu'une simple rencontre d'un soir… » Kate, de son côté, m'écrivait, peu de temps après, que sa vie avait été transformée depuis qu'elle connaissait Bob et qu'elle se demandait ce qu'elle serait devenue sans lui.

J'en arrive lentement à ma petite vie d'aujourd'hui. Je préfère d'ailleurs maintenant qu'on m'appelle Thomas. Seule ma mère continue à m'appeler Tom. Ma vie en anglais est terminée…

J'ai dû trouver quelqu'un pour venir faire les travaux domestiques, le ménage, les lavages, parfois quelques repas, des courses… C'est un homme qui a répondu à la petite annonce que j'avais placée dans le journal local. Il avait d'ailleurs été dans ma classe au niveau primaire. Je ne l'ai pas reconnu sur le coup, mais pendant que nous jasions nos souvenirs d'enfance ont refait surface. Il se nomme Donatien. Il a toujours détesté son nom, qu'on ridiculisait jadis dans la cour d'école. Il n'était pas un très bon élève. Plutôt dans les derniers de la classe. J'entends encore la voix du professeur de sixième année, Monsieur Legault : « Donatien, fais un effort… Ce n'est pas si difficile à comprendre… »

Mais sans lui maintenant, je me sentirais bien démuni. Il est devenu quelqu'un d'indispensable dans ma vie. Donatien est préposé à temps partiel à l'hôpital régional et ce travail que je lui ai offert lui convient donc parfaitement. Il a conservé en lui, intact, un fond de bonté qui lui vient sans doute de son enfance. On sent que c'est quelqu'un qui aime aider les autres. Il y a des personnes pour qui le don de soi semble naturel. Donatien fait partie de ces gens.

Je n'ai jamais oublié Annie, avec qui j'ai passé de beaux moments avant de quitter le Québec, il y a une quinzaine d'années. Je n'ai pas tenté de la revoir depuis mon retour. Est-elle au courant de ma situation ? Cela ne me surprendrait pas du tout. Nous habitons dans une petite ville où tout finit par se savoir… Et je suis maintenant de retour ici depuis quelques mois.

On m'a dit qu'elle vivait toujours dans le même quartier, seule avec son garçon. La rumeur dit que l'identité du père du garçon est toujours restée inconnue. C'est Donatien qui m'a parlé de cela alors que je faisais allusion devant lui à Annie, une avocate que j'avais connue avant mon départ pour l'Ontario. Cela ne me surprend pas. J'ai toujours vu Annie comme une personne indépendante.

Elle est encore réputée, semble-t-il, pour ses prises de position en faveur des femmes en difficulté. De cela Donatien était aussi au courant. Il a même ajouté : « Je ne suis pas une femme, mais si un jour j'ai besoin d'être défendu dans un procès, c'est elle que j'irai consulter. C'est certain. »

Depuis quelques mois, mon état semble s'être stabilisé. Ce n'est peut-être qu'un répit que la maladie me donne. Donatien croit en l'efficacité des médecines naturelles. Il s'est longuement documenté sur le sujet. Il m'apporte des médicaments qui, selon lui, peuvent m'aider. Des trucs à base de plantes. Je n'y crois pas outre mesure, mais là où j'en suis, je n'ai rien à perdre… Il a la foi pour nous deux. Il essaie de me convaincre d'aller consulter un acupuncteur. Pour le moment, j'hésite.

Ma mère, elle, va un peu mieux ces temps-ci. Mais il est certain sais qu'elle aura encore des périodes de grande angoisse. On ne pourrait pas la laisser revenir vivre avec moi. Je me sentirais incapable de m'en occuper. Elle est lourdement médicamentée. Je sais que mes visites lui font plaisir. Je peux constater qu'elle n'a pas perdu son intérêt pour la peinture. Les préposées qui s'en occupent me disent qu'elle passe beaucoup de temps à feuilleter des livres d'art qu'elle a apportés lors de son installation au centre d'hébergement.

Et puis, il y a cinq ou six semaines, elle s'est mise au dessin. Elle en fait un par jour. Elle m'a demandé de lui acheter des crayons Prismacolor. Pour mettre un peu de couleur sur tout cela. Une boîte de soixante. Et depuis elle dessine des personnages. Certains sont inventés, mais plusieurs représentent des membres de sa famille. Il y en a trois qui me sont consacrés. Quand j'étais enfant. Elle les a mis sur un mur de sa chambre. Lorsque j'arrive là, je revois une partie de mon passé. C'est une impression plutôt troublante, mais aussi agréable. Sur un autre, on peut reconnaître mon père, à la pêche, au bord de la rivière. Elle commente brièvement chaque nouveau dessin. Parfois en français et parfois en anglais. Mais on sent qu'elle se fatigue plus vite qu'avant. Et au bout de quelques minutes, son discours devient un peu confus. Elle préfère alors se taire. Et se contente de sourire. Nous restons parfois silencieux pendant de longues minutes. Et j'ai l'impression que, malgré ce silence, je n'ai jamais été aussi près d'elle.

Il y a longtemps, je lui avais suggéré de s'inscrire à des cours de peinture. Elle disait alors n'avoir aucun talent, qu'elle aimait mieux regarder les œuvres des autres, les grands artistes. Elle se trompait, elle avait du talent et elle ne le savait pas. Deux autres résidantes ont commencé à l'imiter, elles se sont mises au dessin elles aussi. Parfois, elles se réunissent dans une salle pour travailler ensemble. La responsable des loisirs m'a dit qu'elles pourraient éventuellement présenter une exposition de leurs dessins. L'idée semble faire son chemin.

Son ami Maurice, à qui elle a consacré aussi un dessin sur lequel on le voit au volant de sa voiture, lui rend visite trois ou quatre fois par semaine. Certains croient que Maurice est son mari. Celui-ci les laisse parler, ne contredit pas une telle rumeur. Il paraît heureux de cette méprise. C'est lui qui vient maintenant me chercher lorsque je désire aller voir ma mère ou quand j'ai un rendez-vous médical. Il m'a rapidement convaincu d'accepter son aide. J'ai l'impression que Maurice a environ soixante-quinze ans. Je n'ai pas osé lui poser la question. Il est toujours alerte. Et il a heureusement encore son permis de conduire. Contrairement à moi. Depuis mon retour ici, je ne me suis pas décidé à reprendre le volant.

J'ai parfois le sentiment de m'être trouvé un second père. Il a été professeur lui aussi. Il enseignait la géographie. Il m'a confié : « Je connais votre mère depuis plusieurs années. Jean-Marc a été chanceux de passer plus de quarante ans avec cette femme… Je l'ai envié pendant longtemps… Maintenant, j'ai pris la relève. Il ne m'en veut sûrement pas… »

Et puis une idée tout à fait folle m'est venue à l'esprit, par une nuit récente d'insomnie. C'est au sujet du fils d'Annie. Est-ce le jeune garçon que j'ai vu sortir en courant de chez lui il y a quelques années ? Je me souviens que son copain l'avait alors appelé Benoît. Oui, une idée tout à fait folle, mais qui me revient sans cesse à l'esprit. Cela concerne le père inconnu de ce garçon… D'ailleurs, comment réagit cet adolescent maintenant qu'il a atteint l'âge de se poser des questions sur ses origines ? Annie lui a peut-être donné une réponse qui ne permettait aucune tergiversation. Mais même là, si j'étais à sa place, il me semble que cela me préoccuperait et que j'aurais envie d'en savoir plus.

Avant de quitter le Québec pour l'Ontario, j'ai eu une relation sexuelle avec Annie à trois reprises. Et il n'avait pas été question d'utiliser le condom. Je ne pourrai jamais oublier ces quelques heures de grand bonheur. Est-il possible que je sois le père de son garçon ?… C'est vraiment une idée folle… Il faudrait d'abord que je connaisse l'âge précis de cet adolescent. Oui, c'est vraiment une idée folle que j'ai là… Aurais-je le courage d'aller poser la question à Annie ? Elle pourrait alors m'envoyer promener de belle façon…

Si son père, l'écrivain qui se nomme David, est toujours vivant, il en sait peut-être plus sur le sujet… Il doit avoir atteint un âge avancé. Fait-il encore des petits travaux de peinture ou de menuiserie ? Si oui, ce serait une bonne façon d'entrer en contact avec lui. Il y a des pièces ici qui n'ont pas été repeintes depuis des années… Je pourrais aussi me procurer certains de ses livres et essayer de le contacter pour lui en parler. Non, cette dernière démarche serait trop compliquée. Et un peu surprenante de ma part… Il serait préférable que j'opte pour les travaux de peinture…

À vrai dire, je ne sais si j'ai vraiment envie de connaître la vérité sur tout cela. Je me fais sans doute des idées. De toute façon, si ce garçon, qui se nomme possiblement Benoît, apprenait qu'il a un père en perte d'autonomie, un père qui se déplace difficilement et parfois même en fauteuil roulant, comment réagirait-il ? J'ignore pour le moment comment je trouverais le courage de me présenter devant lui et de lui dire joyeusement : « Bonjour, je suis ton père… Je suis heureux de faire enfin ta connaissance… »

Il m'enverrait peut-être promener lui aussi.

Benoît

J'ai parlé deux fois de la chose à grand-père David et il m'a dit qu'il ne savait rien.

Il peut dire ce qu'il veut, il est habitué à inventer. C'est un écrivain !

Je l'aime depuis toujours. Il remplace mon père. Celui que je ne connais pas. Celui qui n'existe pas. C'est facile de répondre cela à un enfant de cinq ans : *Ton père n'existe pas.* Mais je ne suis plus un enfant.

Une fois, quand j'étais plus jeune, comme je passais devant chez elle, une voisine a dit à une autre voisine en me désignant : *Il n'a sûrement pas été conçu par l'opération du Saint-Esprit.*

J'ai demandé à maman, Annie, ce que ça voulait dire. Elle m'a répondu : *C'est une expression qui fait allusion à la conception de Jésus. Il en est question dans le Nouveau Testament…*

Récemment, j'ai repensé à cette anecdote et j'ai été fouiller dans une édition du Nouveau Testament. D'après ce que j'ai lu, la voisine avait bien raison. Ma conception ne s'est sans doute pas faite de cette façon…

Moi, je n'ai pas été baptisé. Ève et Marco non plus. Les autres que je connais l'ont été. Enfin, je ne l'ai pas demandé à tout le monde.

Mais Annie m'a dit : *Dans mon temps, presque tous les enfants étaient baptisés. Maintenant, c'est un peu différent.*

Elle m'a dit une autre fois : *Je respecte ceux qui croient en tout ça, Dieu et le reste. Mais je veux qu'ils me respectent moi aussi. Ton grand-père David pense comme moi. Il croit qu'il serait préférable qu'il n'y ait aucune religion. Ainsi, les gens ne s'en remettraient plus à un dieu capable de tout régler. Ils ne vivraient pas d'espoir, mais ils essaieraient d'améliorer le présent en sachant bien qu'il ne sera jamais parfait.*

Annie dit que grand-père David est habituellement très nuancé dans ses opinions, mais qu'il est aussi capable d'être catégorique. Surtout quand c'est un sujet qui lui tient à cœur.

Une chose est certaine, il en sait sûrement plus sur ma naissance. Après tout, Annie est sa fille. Elle a dû lui en parler.

Avant, quand j'étais petit, je l'appelais papi ou grand-père David. Puis, il m'a demandé de l'appeler uniquement par son prénom. Il préfère cela. J'ai un peu de difficulté à m'y habituer.

En tout cas, il y au moins un avantage à ma situation d'enfant sans père : je ne me suis pas retrouvé avec un nom interminable. Comme Jean-Sébastien Gaumont-Pépin ou Antoine Savignac-Lavallée ou Léa Massicotte-Allard.

Je n'ai qu'un nom, celui de ma mère. C'est bien suffisant. *Parent.* C'est un nom qui dit tout de ma relation avec elle.

Je comprends le point de vue d'Annie. Un jour, elle a décidé d'avoir un enfant et de l'élever seule. Sans homme.

Ève m'a dit : *C'est comme dans* Le monde selon Garp. *Je l'ai emprunté à la bibli. Ta mère l'a peut-être lu...*

Ma mère est obsédée par la situation des femmes maltraitées. Elle a tout un dossier sur la question. Mais est-ce suffisant pour expliquer sa décision de vivre seule ? Les hommes que je connais me semblent bien corrects…

Un jour, elle m'a parlé de ces pays où il se passe des choses révoltantes. *Des jeunes femmes y sont tuées*, a-t-elle dit, *pour avoir eu des relations sexuelles hors mariage. Ailleurs, des écolières sont menacées d'être abattues si elles se rendent à l'école. Et toutes ces femmes qui sont violées à l'occasion des guerres qui ne cessent jamais…*

Elle s'est arrêtée. Elle semblait tout à coup épuisée. Puis elle a dit : *Heureusement, nous ne vivons pas dans ce genre de pays…*

Il y a deux semaines, j'ai choisi de faire un exposé sur ce sujet à l'école. Je n'ai pas eu à entreprendre de longues recherches. Annie m'a fourni un tas d'exemples.

Cela a créé un malaise dans la classe. Même le prof ne savait plus quoi dire après mon exposé.

Surtout que celui qui était passé avant moi avait parlé de l'importance de posséder un iPod.

Annie a fréquenté quelques hommes depuis ma naissance. Mais quand elle leur a dit qu'elle ne voulait pas vivre en couple avec eux, qu'elle voulait conserver son autonomie, vivre seule avec moi, les plus intéressants ont disparu.

Il y en a un à qui elle a fait confiance un jour puisque je suis là. À moins que je sois le résultat d'un accident. Un enfant non voulu.

Quand je lui en parle, elle finit par me dire : *Ne sommes-nous pas bien tous les deux ?… Que veux-tu de plus ?… Nous ne manquons de rien…*

* * *

Certains ont un père qui n'est jamais là. D'autres ont des parents séparés et ils sont tiraillés entre les deux.

Annie a vécu cela, mais de façon différente. Ses parents se sont séparés alors qu'elle était à la maternelle et ils ont pris bien soin de le faire correctement.

Elle m'a raconté que son père, David, et sa compagne, Johanne, avaient opté pour la garde partagée. Mais c'est eux qui changeaient de résidence chaque semaine, et non Annie. Et cela a duré plusieurs années. Annie habitait donc toujours au même endroit.

Elle n'avait pas à faire ses bagages chaque semaine. Ce sont ses parents qui les faisaient. Certains de ses camarades d'école l'enviaient.

Après, elle a décidé de rester avec David. Jusqu'à la fin de ses études en droit.

Pour ce qui est de mamie Johanne, je la vois parfois. Peu souvent. Elle a un fils. Annie a donc un demi-frère, mais il ne lui ressemble pas beaucoup.

Johanne est mariée avec un homme d'affaires, je crois. Quand elle habitait avec grand-père David, on dit qu'elle était bien différente.

Elle et David se voient encore, à l'occasion. Ils se sont séparés, paraît-il, sans trop se disputer.

Avant, ces choses-là n'étaient pas fréquentes. Et il y avait de grosses familles. Il y en a encore, mais c'est rare.

Grand-père David m'a dit un jour qu'il connaissait un homme qui avait douze enfants. Et qu'il semblait très heureux de cela. En tout cas, il sait qu'il doit travailler du matin au soir. Il n'a pas le choix. Et sa femme n'a sûrement pas un emploi à l'extérieur de la maison.

Grand-père David est écrivain, mais aussi peintre et menuisier. C'est sans doute un cas unique. Parfois il m'emmène avec lui pour faire de petits travaux. Il m'a montré comment peindre un mur de la façon adéquate. Je pense qu'il aime bien quand je l'accompagne.

Des fois, il dit aux gens en me désignant : *C'est mon petit-fils préféré.* Puis, il me lance un clin d'œil.

Depuis quelque temps, il travaille très peu. Il semble fatigué. Il a fait paraître une vingtaine de livres. Par contre, il n'a rien publié depuis un bon moment.

On s'écrit souvent, lui et moi. Sur Internet. Ça m'a sans doute aidé à devenir bon en français. Il me corrige sans trop insister. Il n'est pas du genre à insister. C'est entre autres pour ça que je l'aime tant.

* * *

Je me souviens, j'avais sept ans, plutôt huit, quand on a eu, Annie et moi, une conversation sérieuse sur la question.

Elle m'a dit : *Ton père est parti au loin quand tu n'étais pas né. Je ne sais pas où il est exactement. Nous allons donc passer notre vie ensemble. Je vais tout faire pour que tu sois heureux. Tu n'es pas le seul à vivre dans une famille monoparentale. Regarde autour de toi. Si ton père revient un jour, nous verrons ce que nous ferons. D'ici là, soyons heureux ensemble. Et il y a papi David qui s'occupe bien de toi. N'en parlons plus.*

Je me souviens de lui avoir répondu : *C'est d'accord. Soyons heureux ensemble.*

Voilà à peu près ce qu'elle a dit. Et j'ai accepté de ne plus en parler. Mais il y a quelques mois, j'ai décidé que j'étais assez vieux pour essayer d'en savoir plus.

Et depuis ce temps, je suis obsédé par cela. Si je connaissais au moins le nom de mon père. Ça, elle le sait probablement…

* * *

Monsieur Leblanc, notre prof de français, nous parle parfois des auteurs de la région. Il se plaît à dire qu'on a une région riche sur le plan littéraire.

Il aime bien préciser: *Il n'y a pas seulement de la musique classique et de la musique traditionnelle dans notre région. La littérature y est aussi bien présente.*

Un jour il a parlé de l'écrivain David Parent. Marco et Ève savent que c'est mon grand-père. Ils m'ont jeté un coup d'œil, mais ils n'ont rien dit.

Quand Monsieur Leblanc a demandé si quelqu'un avait déjà lu des livres de cet auteur, nous avons été deux à lever la main. Il nous a invités à en parler un peu.

Ève a dit que c'était de la poésie et que ça ne se résumait pas. Elle a tout de même donné le titre: *Perdu et retrouvé.*

Elle a ajouté: *Cela m'a permis de pratiquer mon espagnol, puisqu'il s'agit d'un livre bilingue, en espagnol et en français. Un livre édité au Mexique.*

Moi, j'ai parlé de *La circonspection.* Ce n'est pas facile à résumer. De toute façon, Monsieur Leblanc ne l'avait pas lu. C'est le premier roman de David.

La semaine suivante, j'ai croisé Monsieur Leblanc dans un corridor et il m'a dit en souriant: *Tu es un coquin, toi… le petit-fils de David Parent… Tu me le diras s'il y a d'autres écrivains dans ta famille…*

Il venait d'établir le lien entre cet écrivain et moi. Ou quelqu'un lui en avait parlé.

Je ne crois pas devenir écrivain un jour. Il me semble que j'ai rien à dire. Et comment inventer pendant des pages ?...

Quand j'ai parlé de ça à grand-père David, il m'a expliqué : *J'invente relativement peu. Je transforme la réalité qui m'entoure, parfois sans m'en rendre compte.*

Et quand je lui ai demandé pourquoi il écrivait, il a gardé le silence un long moment.

Et il a fini par répondre : *C'est comme si tu me demandais pourquoi je respire... J'exagère un peu. C'est une comparaison... Disons que ça m'aide à m'en sortir... À garder la tête hors de l'eau... Il y a des gens qui s'expriment plus facilement par écrit. Il y a des gens qui aiment prendre des chemins détournés pour exposer ce qu'ils pensent du monde. Je suis sans doute un de ceux-là...*

Annie m'a dit que les souvenirs qu'elle va garder de son père sont les suivants : quelqu'un assis, un livre à la main ; ou quelqu'un assis devant son ordi.

Elle s'est empressée d'ajouter : *Aussi quelqu'un qui s'est beaucoup occupé de moi, que j'aime par-dessus tout. Il y a toi et lui.*

Tout ça ne règle pas mon problème.

J'en ai touché un mot à Ève et à Marco. Ils veulent m'aider à retrouver mon père. S'il existe, bien entendu...

* * *

Je suis revenu à la charge auprès de grand-père David. Il m'a répété qu'Annie lui en avait peu parlé. Un jour, elle lui a simplement annoncé qu'elle était enceinte.

Il a ajouté : *J'ai été très heureux pour elle, mais aussi inquiet. Je ne lui connaissais pas d'amoureux à cette époque. Elle n'a pas voulu m'en dire plus. Elle m'a demandé de ne pas m'inquiéter, m'a assuré que tout irait bien.*

Et là, j'ai senti qu'il hésitait. Je suis certain qu'il ne me dit pas tout. S'il en sait plus, il doit être torturé : m'aider à retrouver mon père ou respecter le silence d'Annie à ce sujet.

* * *

Depuis que Monsieur Leblanc sait que je suis le petit-fils de David Parent, il m'accorde plus d'attention. Il m'a même demandé : *Crois-tu que ton grand-père accepterait de venir en classe nous parler un peu de son travail ? Il me semble que ça pourrait intéresser les élèves de rencontrer un écrivain… Ils verraient que ce n'est pas un extraterrestre…*

Je lui ai répondu que je lui poserais la question. Mais je ne crois pas qu'il acceptera. Il n'est pas très porté sur ce genre de chose.

Mais on ne sait jamais, il a accepté quelques fois de lire ses textes en public.

Je suis allé l'entendre une fois dans une librairie. C'était très émouvant. Il y avait une trentaine de personnes réunies là. Il n'était pas le seul écrivain présent. Si je me souviens bien, ils étaient cinq. Il a lu des poèmes pendant une dizaine de minutes.

Après il m'a confié : *C'est le mieux que je peux faire. Je ne suis pas un artiste de la scène. Je n'ai pas choisi l'écriture pour me donner en spectacle. C'est même le contraire… Par contre, je dois admettre que cela m'a réchauffé le cœur d'être applaudi à la fin de ma lecture... C'est comme si plusieurs personnes m'avaient mis la main sur l'épaule en même temps pour m'encourager à continuer.*

* * *

Marco m'a appris aujourd'hui qu'il avait fait la connaissance d'un de ses voisins. Un handicapé.

Il m'en avait déjà parlé. Un homme qui se déplace parfois avec une marchette et d'autres fois dans un fauteuil roulant.

Marco l'a aperçu, assis dans le parc. Il travaillait, son ordi sur les genoux.

Marco est moins gêné que moi. Il l'a salué et s'est assis près de lui sur un banc. Il lui a dit : *On est voisins. Je vous vois souvent sortir. Êtes-vous écrivain ?*

Cela a fait rire son voisin. Il n'est pas du tout écrivain. Il est ingénieur. Et aussi un peu comptable.

Mais il correspond souvent, par Internet, avec des amis qui habitent en Ontario.

Il s'appelle Thomas et il est revenu vivre dans la maison de son enfance.

Cet homme n'a pas toujours été handicapé. Il souffre d'une maladie dégénérative. Mais là, il a l'impression que sa situation s'est stabilisée depuis quelque temps.

* * *

Marco est de nouveau allé parler avec l'homme au portable aujourd'hui. Ils sont peut-être en train de devenir amis. Il portait, paraît-il, un chapeau de paille de style rétro.

Ce Thomas lui a confié que, quand il était plus jeune, il rêvait d'aller vivre en Australie. Mais là, ce serait difficile…

Et il a ajouté : *C'est vrai que maintenant, avec Internet et avec tout ce qu'il y a comme films, on peut voyager, même assis dans un fauteuil roulant.*

Marco m'a dit : *Je sentais bien qu'il disait ça pour se consoler… J'ai l'impression qu'il est dans la quarantaine. Je le connais depuis peu, mais je parle avec lui comme si je le connaissais depuis des années.*

Je sais ce que Marco sous-entendait. Son père est toujours parti à gauche et à droite. Il voyage beaucoup pour son travail. Il est représentant pour une grosse compagnie. Et quand il est là, il a l'œil rivé sur son BlackBerry. Je l'ai déjà vu en pleine action durant un repas. Marco devrait communiquer avec son père par Internet. Ce serait plus simple.

* * *

Je pensais aller prendre un café avec Marco après l'école, mais il m'a dit : *Je suis pris. J'ai promis à Thomas de faire des courses pour lui. La personne qui l'aide habituellement est partie pour quelques jours de vacances. À plus…*

Finalement, j'y suis allé avec Ève. Il y en a qui pensent que c'est ma blonde. On a déjà essayé et ça n'a pas marché.

Ève se demande si elle ne préfère pas les femmes aux hommes. Elle se cherche… Je lui ai conseillé d'essayer avec une femme, mais elle n'est pas prête encore à faire une telle chose.

Elle m'a aussi parlé du nouvel ami de Marco, son voisin handicapé. Elle veut voir cet homme. Elle se demande si Marco ne s'est pas embarqué dans une histoire bizarre.

Ce n'est pas le genre de Marco de se faire avoir. Je n'ai jamais vu quelqu'un d'aussi débrouillard. Il ne se laisserait pas organiser par le premier venu.

Il y a quelques années, il a tenu tête à des plus vieux qui voulaient le *taxer*. Il aurait pu se faire battre.

Il s'est inventé des cousins qui appartenaient à un gang de rue de Montréal et qui viendraient le défendre. Les petits morveux de l'école ont eu peur.

* * *

Ève m'a convaincu d'aller rencontrer Thomas, le nouvel ami de Marco. Et elle a pris le ton de certains élèves de l'école : *Sérieux, man. Il faut y aller, man…* Je lui ai répondu en souriant : *Aight, ça va être chill…*

C'est facile. Depuis qu'il fait beau, il va s'asseoir presque tous les jours dans le parc.

Hier, c'était samedi. Il était là vers deux heures. Assis à l'ombre.

Marco, lui, était pris pour la journée. Il travaille à l'épicerie. Quand j'ai expliqué cela à Annie, elle m'a fait remarquer que c'était une très bonne idée, un emploi de fin de semaine. J'ai compris le message…

Ève m'a dit : *On va employer la tactique de Marco. On va le saluer tout simplement, lui parler du beau temps enfin revenu.*

Je l'ai laissée prendre les devants. Elle a précisé qu'on était des copains de Marco, qu'il nous avait parlé de son nouvel ami…

Ève est rassurée. Ce Thomas est très gentil. Je lui ai même posé des questions sur l'Australie. Je lui ai confié que je voulais voyager plus tard.

Il connaît tout de ce pays même s'il n'y est jamais allé. Je le verrais bien dans un jeu-questionnaire sur le sujet.

Quand je suis revenu à la maison et qu'Annie m'a demandé ce que j'avais fait de ma journée, je lui ai parlé de Thomas. Un maniaque de l'Australie qui est aussi un voisin de Marco.

J'ai demandé à Annie si ça lui disait quelque chose, un homme dans la quarantaine, handicapé…

Elle m'a répondu, après avoir hésité au moins cinq secondes: *Oui, vaguement… On m'a parlé de cet homme revenu vivre dans la maison de ses parents. Il paraît que son père est mort il y a quelques années. Et que sa mère a été placée dans un centre pour personnes âgées.*

Elle a quitté la pièce sans en dire plus. J'imagine qu'elle n'avait pas envie de continuer la conversation. Il y a un procès qui la préoccupe beaucoup ces jours-ci.

En y repensant, je trouve qu'elle en savait tout de même pas mal sur cet homme. Le mot *vaguement* qu'elle a utilisé était plutôt mal choisi…

* * *

Pour essayer d'en savoir plus sur mes origines, j'ai pensé à une autre personne qui pourrait peut-être m'aider, un ami de grand-père David qui se nomme Antoine.

Antoine connaît bien Annie. Il l'a vue grandir. C'est même son parrain.

Lui et David sont des amis. Comme moi et Marco. Mais ils sont archi-différents l'un de l'autre. Quand il était plus jeune, Antoine aimait prendre un coup et fêter.

Il aimait aussi faire des blagues.

Un jour, David a remporté un prix pour son premier roman. Comme il était trop timide pour aller le recevoir en public et prendre la parole, il a demandé à Antoine d'y aller à sa place, de se faire passer pour lui.

Antoine était tout heureux de jouer ce rôle. Il a appris par cœur un petit texte de remerciement écrit par David. C'est Annie qui m'a raconté cela en riant.

Quand j'en ai parlé à David, il a confirmé, en riant lui aussi.

Je me rends compte que j'arrive à laisser tomber le *grand-père* quand je pense à David. Cela lui ferait plaisir…

Je me rends compte aussi que maintenant j'ai un objectif important dans la vie : en savoir plus sur mon père. Et que cela risque de passer avant tout le reste.

Peut-être qu'Annie ignore elle-même qui est mon père… Il faudrait qu'elle ait couché avec plusieurs hommes durant une brève période. Il me semble que ce n'est pas son genre de faire cela…

Je connais deux filles à l'école qui ont inventé un nouveau jeu : celle qui a des relations sexuelles avec le plus de gars en trois mois. Ma mère n'aurait jamais joué à ça.

Si elles parviennent à coucher avec un prof, ça compte pour cinq. Et il y a, paraît-il, quelques sextos en circulation.

J'essaie de ne pas embarquer dans ce jeu. Il y a une des deux filles que je connais. Elle s'appelle Lyne. Jusqu'ici, je la trouvais plutôt sympa. Je pourrais lui parler, lui dire d'arrêter ça. Mais de quel droit ?…

Il y a des gars qui se vantent d'avoir couché avec les deux. Cela donne une nouvelle dimension au jeu…

Si ces deux filles tombent vraiment amoureuses dans quatre ou cinq ans, comment vont-elles faire comprendre à l'homme de leur vie qu'elles ont eu des relations sexuelles avec dix-huit ou vingt-cinq gars différents en trois mois, mais que ce n'était qu'un concours ?… À moins que ce nouvel amoureux ait lui-même participé au jeu…

Je ne suis peut-être pas assez cool pour mon âge… Annie dit parfois : *La vie ressemble rarement à une annonce de bière dans laquelle tout le monde s'amuse en chantant…*

* * *

Je suis retourné voir Thomas, toujours assis au même endroit dans le parc. Toujours avec son chapeau de paille sur la tête. Cette fois, j'étais seul.

À vrai dire, j'allais voir Marco, mais il n'était pas chez lui.

Pendant que je jasais avec Thomas, il m'a demandé mon nom de famille. Quand je lui ai dit *Parent*, il a semblé intrigué. Ce n'est pourtant pas un nom rare qui surprend.

Il a fini par dire : *Comme ça, tu t'appelles Benoît Parent…*

Puis il m'a demandé si j'avais des liens de parenté avec l'écrivain David Parent.

Ma réponse a semblé lui faire plaisir. Après un moment, il a dit : *Quand j'étais en Ontario, il y a plusieurs années, j'ai trouvé par hasard un roman de ton grand-père dans une librairie de livres d'occasion.*

Puis il a ajouté : *Il y a bien longtemps de ça. Peut-être quinze ans. C'est un peu à l'époque où tu es né, non ?…*

Je lui ai fait signe que oui. Il venait de deviner mon âge.

Quand je l'ai quitté, il m'a dit : *Reviens me voir. Tu sais où me trouver. J'aime bien parler avec toi.*

J'ai eu l'impression qu'il avait autre chose à me demander, mais il n'a rien ajouté.

Quand je vais apprendre à grand-père David que son roman a voyagé jusqu'en Ontario, je ne sais ce qu'il va penser de ça.

Il y a des gens qui connaissent bien David Parent parce qu'ils ont lu plusieurs de ses livres, alors que lui ne les connaît pas du tout. C'est un phénomène étrange…

Voilà une autre raison pour laquelle je n'aimerais pas être écrivain. J'aurais parfois l'impression de me dévoiler devant des inconnus.

* * *

Ève vient de me téléphoner. Elle a utilisé son nouveau cell. Moi, je n'en ai pas. On n'est pas obligé de faire comme tout le monde. À vivre avec Annie, j'ai appris ça rapidement…

Ève pense qu'elle est amoureuse. D'une fille qui se nomme Odile. Il ne s'est rien passé entre elles, mais elle croit que c'est oui.

Elle ne sait pas encore comment elle va trouver le courage de le lui dire. Elle va attendre un peu. Si elle en est capable. Ève dit qu'elle n'a jamais vu Odile seule avec un garçon. C'est ce qui lui donne de l'espoir.

J'ai dit à Ève que j'étais bien content pour elle. Je n'ai pas réussi à en dire plus.

* * *

Hier, je suis allé rendre visite à Antoine, le vieil ami de David. C'est celui-ci qui m'avait donné son adresse.

J'aurais dû téléphoner avant pour le prévenir de mon arrivée. J'ai été obligé de sonner plusieurs fois avant qu'il vienne répondre. Il est presque sourd.

Lorsqu'il m'a ouvert, il ne m'a pas reconnu tout de suite. Il a beaucoup vieilli. Et moi, j'ai dû changer depuis trois ou quatre ans.

Il m'a invité à entrer en rajustant son appareil auditif. Il a dit : *Comme ça, ça va aller mieux. Tu n'auras pas à crier ou à répéter trois fois. Et je n'aurai pas l'air d'un vieux fou…*

Il a conservé le sens de l'humour, mais sa femme de ménage ne doit pas venir très souvent. Il a fallu déplacer des tas de journaux et quelques boîtes pour pouvoir nous asseoir. Et il y avait une bonne couche de poussière sur les petites tables du salon.

Je voulais lui demander s'il se faisait lui-même à manger, mais je n'ai pas osé. Il fréquente sans doute le resto du coin.

Un coup bien installés, il m'a dit : *Tu aurais dû amener David avec toi. Il ne vient pas souvent me voir. Il m'écrit sur Internet, mais moi, je n'aime pas beaucoup écrire. Je ne suis pas comme lui. Et puis si je fais des fautes, il va peut-être se moquer de moi…*

Je lui ai donné des nouvelles de tout le monde : David, Annie, Martine (la sœur de David), la cousine Françoise.

J'ai tenté de le faire parler du passé, de la jeunesse d'Annie. J'ignore s'il m'a vu venir, mais il s'est contenté de courtes réponses : oui, non, peut-être, je ne m'en souviens plus… Un vrai politicien qui ne veut pas répondre.

Puis j'ai porté un grand coup. Je lui ai posé carrément la question : connaissait-il le nom de mon père ?

Il a levé les bras au ciel. Mais il est resté silencieux. Puis : *Tu me poses là toute une question, mon garçon. Je pense qu'Annie m'aimait beaucoup quand elle était jeune, mais de là à me confier une chose comme celle-là. Annie a son caractère, tu le sais sans doute...*

Il a hésité encore un peu avant de poursuivre : *Je me suis parfois demandé si la séparation de ses parents, quand elle était petite, n'a pas eu une influence sur sa décision...*

Je n'avais jamais pensé à ça. Il y a des tas de couples qui divorcent et leurs enfants ne font pas comme Annie.

Antoine a ajouté : *Ce n'est qu'une idée comme ça... Je n'ai pas vu Annie depuis un bon moment. Tu pourrais me l'amener, elle aussi. Je suis son parrain, après tout...*

Je me suis alors souvenu qu'Annie m'avait dit qu'Antoine avait même payé une partie de ses études universitaires.

On a bu une bière ensemble. Il m'arrive parfois de vider quelques bouteilles avec Marco. Et même de tirer un joint à l'occasion. Mais on ne le crie pas sur les toits. Si Annie savait cela, elle ne serait pas fière de moi...

Il y en a à l'école qui se vantent, chaque lundi matin, d'être allés *clubber* en fin de semaine et même d'avoir *popé une pill de E* avant de partir. D'autres répètent qu'ils ont pris une *track* la veille. Et que c'était *fucking bon !*

Je souris pour leur faire plaisir. Mais je ne me sens pas vraiment dans le coup. C'est comme si j'avais pris l'habitude d'être à part des autres.

C'est la même chose pour le vocabulaire. Quand je parle comme eux, j'ai l'impression d'être dans une pièce de théâtre.

Mais c'est souvent la seule façon pour qu'on me comprenne et qu'on m'accepte.

David m'a dit un jour : *Tu ne feras jamais de politique. Tu serais incapable de toujours suivre la ligne du parti.* Il avait sans doute raison.

C'est vrai que j'ai de la difficulté lorsque je suis en gang.

Ève est aussi marginale à sa façon. Elle écoute presque seulement de la musique classique.

Un jour, elle a fait un exposé en classe sur Glenn Gould. On peut dire que ç'a été une grande découverte pour à peu près tout de monde. Et puis elle aime les femmes...

Pour en revenir à Antoine, je suis certain qu'il était heureux d'avoir quelqu'un pour l'accompagner, un verre à la main.

Il buvait plus vite que moi. Il en était à sa deuxième bière lorsqu'il a ajouté : *Je me souviens qu'une fois Annie s'était fait un ami qu'elle rencontrait au café-librairie situé dans la petite rue qui donne sur la place du marché. Je les ai croisés un jour à cet endroit, justement. Est-ce que c'était sérieux entre eux ? Ça ressemblait plus à une amitié entre un homme et une femme. C'est une chose rare, un homme et une femme qui peuvent demeurer amis... Il y a bien longtemps de cela... En général, Annie ne me parlait pas de ses amoureux. Elle avait sans doute ses raisons... Il est vrai que j'avais ma réputation moi aussi. On ne me faisait pas toujours confiance. Quand j'avais bu, j'avais tendance à trop parler...*

Quand je l'ai quitté, il en était à sa troisième bière. Il m'a répété : *N'oublie pas de dire à David de venir me voir. Et à Annie aussi.*

Une amitié entre un homme et une femme, c'est ce que je vis avec Ève. J'aurais bien aimé que ce soit plus que ça. Quand elle aura décidé de façon définitive de quel côté elle penche, je verrai bien.

* * *

Si Martine, la sœur de David, était là, je pourrais poursuivre mon enquête auprès d'elle. Mais elle est encore en Argentine, avec son beau Manuel.

Martine, c'est l'originale de la famille. Même si elle est très différente de lui, David l'aime beaucoup et s'ennuie d'elle. Elle lui rappelle son enfance passée en Gaspésie. Et son adolescence lorsqu'ils sont venus s'installer ici, toute sa famille.

Il y a aussi Françoise, la cousine et la grande amie de David. Je doute par contre qu'elle soit en mesure de m'aider.

J'ai l'air d'un enquêteur qui dresse la liste des gens à interroger. Je serais plus détendu si j'enquêtais sur un autre cas que le mien. Là, ça devient une obsession.

Marco et Ève m'ont promis de m'aider. Mais ils ont bien peu d'expérience dans ce genre d'enquête.

Si Annie apprend que j'ai interrogé des gens autour de moi, elle va bien voir que je suis sérieux. Cela va possiblement la faire réfléchir.

* * *

Marco m'apprend qu'il est amoureux, lui aussi. Dans son cas, les choses sont plus faciles. C'est la fille, une Léa que je ne connais pas, qui l'a approché.

Elle lui a avoué qu'elle l'observait depuis quelques semaines, s'informait à son sujet. Elle est allée lui parler en sortant de l'école. Ils ont marché ensemble. Ils sont allés au cinéma le lendemain. Ça semble bien parti.

J'ai dit à Marco : *C'est super ! J'ai hâte de la connaître. Léa, c'est un beau nom.*

Mes deux amis sont amoureux. Est-ce que ça va finir par m'arriver un jour ?...

Si Ève avait penché du côté des hommes, cela aurait bien fait mon affaire. Je n'ose pas lui dire ça. Elle serait encore plus embêtée...

C'est la seule fille avec laquelle j'ai eu une relation sexuelle et ça n'a pas été un succès. Mais je n'ai pas tout perdu. J'ai au moins gagné une amie...

* * *

N'ayant rien à faire aujourd'hui, je suis retourné voir Thomas. Il n'était pas dans le parc. J'ai donc sonné chez lui. Je me suis trouvé un peu audacieux.

Il était bien là, il m'a invité à entrer et m'a montré les modifications qui avaient été nécessaires pour rendre ses déplacements plus faciles.

Donatien aussi était là, revenu de vacances. Un homme bien gentil. Et qui fait le ménage. Si je parle de cela à Annie, elle va sûrement me répliquer : *Tu vois bien, ça existe des hommes qui aiment la propreté dans une maison...*

On est allés s'asseoir dans le parc, au soleil cette fois. Thomas m'a dit qu'il irait voir sa mère demain.

Et là, il m'a parlé des bénévoles qui vont rendre visite aux bénéficiaires. Ils viennent parfois jouer aux cartes ou aux dames avec eux.

Il m'a invité à l'accompagner. Il me présenterait sa mère. Et il a ajouté : *Elle voudra peut-être faire ton portrait. Elle dessine un peu chaque jour. Enfin, quand elle est en forme...*

Je ne savais pas trop quoi répondre. Il m'a pris par surprise. Comme je n'ai rien de prévu pour demain, dimanche, j'ai accepté.

Certains qui nous voient ensemble pourraient penser que c'est un homosexuel s'intéressant à un jeune homme.

Mais je suis persuadé que ce n'est pas le cas. Il suffit de voir comment il regarde les femmes qui passent près de nous dans le parc.

Il m'a confié qu'une de ses voisines, une certaine Denise, venait lui rendre visite parfois. Les choses vont-elles plus loin entre eux ? Je n'ai pas osé lui poser la question.

Il a aussi mentionné une certaine Ann dont il avait été amoureux quelques années plus tôt, quand il habitait en Ontario.

* * *

En arrivant à la résidence, conduits en auto par Maurice, l'ami de la mère de Thomas, j'ai eu comme le souffle coupé.

Je suis habitué à la poly bruyante, aux jeunes qui parlent fort, se bousculent. Là, c'était vraiment autre chose. Tout allait lentement.

Je n'avais jamais vu autant de personnes âgées à la fois. Certaines se déplaçaient en fauteuil roulant. Quelques-unes avec une canne. Plusieurs avec une marchette.

J'ai cherché ce dernier mot dans le dictionnaire : *impropriété pour déambulateur*. Merci, madame de Villers !

C'était comme une petite ville dans la ville. Un monde à part.

C'était comme quand on regarde les reprises à la télévision, au ralenti. Mais là, c'était la vitesse normale. Les reprises n'étaient pas nécessaires.

Dans la chambre de Maureen, la mère de Thomas, ça allait mieux, j'ai recommencé à respirer normalement.

Elle feuilletait un livre sur la peinture.

Aujourd'hui, elle ne parlait pas beaucoup. Elle m'a regardé longuement en souriant.

Thomas m'a présenté comme un jeune bénévole qu'il connaissait.

On est allés à l'extérieur, dans le jardin. Maurice tenait le bras de Maureen. Moi, j'accompagnais Thomas qui avançait lentement.

On formait un drôle de groupe. Je n'ai pas dit trois mots. C'était surtout Maurice qui parlait. Maureen lui répondait parfois en chuchotant.

Au moment du départ, elle m'a encore une fois longuement regardé.

Thomas m'a confié: *Je crois qu'elle t'a adopté. Si tu reviens la voir, ça lui fera sûrement plaisir... Une autre fois, elle sera peut-être plus en forme, elle parlera plus...*

J'ai bien remarqué les dessins qu'elle a faits et qui sont aux murs de sa chambre. Il y en a trois qui représentent un garçon. Ce doit être Thomas.

Je vais peut-être me retrouver un jour sur un de ces murs, à côté de Thomas. Et aussi de Maurice, au volant de sa voiture.

David a déjà fait allusion devant moi à ces résidences pour personnes âgées. Il m'a dit: *Je n'irai jamais là. J'aime mieux mourir avant... Je ne me vois pas là avec Antoine. Il leur donnerait du fil à retordre... Et moi, je ne pense pas que j'accepterais de jouer au bingo tous les jours...*

* * *

Quand j'ai aperçu Thomas, de loin, assis dans le parc à l'endroit habituel, j'ai compris qu'il n'était pas parti rendre visite à sa mère aujourd'hui. Je ne sais pas ce qui m'a pris, j'ai décidé d'y aller à sa place.

Je me suis trouvé plutôt téméraire de faire cela. Mais j'y suis tout de même allé.

J'ai signé mon nom à la réception de la résidence, comme on me le demandait, et j'ai indiqué à côté : *ami de la famille.*

On m'a laissé entrer. On se souvenait peut-être de m'avoir vu avec Thomas et Maurice.

Maureen était seule dans sa chambre, en train de dessiner. Elle m'a souri, comme la dernière fois.

Elle était en train de tracer le portait d'un jeune homme qui me ressemblait. Elle m'a indiqué de m'asseoir et elle a continué à dessiner en me regardant de temps à autre.

Puis, elle a dit : *C'est plus facile comme ça, avec vous devant moi…*

Elle parlait avec un petit accent, à peine perceptible. Toujours en souriant.

Un peu après, elle a ajouté : *Je suis contente de vous voir, Benoît. Je me sentais un peu seule aujourd'hui…*

Pendant qu'elle dessinait, j'ai observé les dessins collés aux murs. On voyait un garçon, sûrement Thomas, en train de patiner, puis en maillot de bain ou assis sur sa bicyclette.

Une préposée est passée nous offrir un verre de jus et des biscuits.

Elle a regardé le dessin que Maureen était en train de faire. En se tournant vers moi, elle a déclaré : *Vous allez vous retrouver sur le mur, vous aussi…*

On a pris notre collation sans dire un mot.

C'est drôle, mais j'ai pensé à ce moment-là que David aimerait rencontrer cette femme, une artiste comme lui.

Je me suis alors souvenu qu'elle avait déjà Maurice. Il m'a dit qu'il avait été professeur de géographie. Rien qu'à le voir se pencher vers Maureen pour lui parler, on pouvait deviner qu'elle lui était très chère.

Un peu avant seize heures, la préposée est revenue pour rappeler à la mère de Thomas que c'était l'heure du chapelet. En me regardant, elle a précisé : *Madame Maureen y va habituellement…*

Maureen a mis de côté ses crayons et sa tablette à dessin. Elle s'est levée pour suivre la préposée après m'avoir fait un petit signe de la main.

Contrairement à d'autres résidants, elle se déplace encore assez facilement. Et elle est toujours bien mise. On sent qu'elle a été comme ça toute sa vie. Elle est peut-être née dans une famille riche.

J'en ai profité pour quitter les lieux. Elles se sont dirigées vers l'ascenseur. Moi, j'ai préféré prendre l'escalier. J'avais besoin de bouger.

Il faudrait que je raconte tout cela à Ève et à Marco. Mais ils sont bien occupés ces jours-ci, avec leurs amours… Ils ont des préoccupations bien différentes des miennes. Des préoccupations sans doute plus normales pour des jeunes de notre âge.

J'espère que Thomas ne sera pas fâché à cause de cette visite en solitaire que j'ai rendue à sa mère. S'il l'apprend, je pourrai lui dire que je faisais un peu de bénévolat. Après tout, c'est lui qui m'a invité à me dévouer.

* * *

Pour ne rien négliger dans mon enquête, j'ai décidé d'aller rendre visite à la cousine de David, Françoise. C'est également sa grande amie. Elle a vu Annie vieillir, elle aussi.

J'ai dû, encore là, demander à David de me donner son adresse.

Il a eu un petit sourire. *Tu visites tout le monde que je connais de ce temps-là*, a-t-il dit. *C'est vrai que Françoise sera heureuse de te voir. Elle ne reçoit pas beaucoup de gens chez elle...*

David devait bien se demander ce qui me prenait tout à coup de m'intéresser à ses amis. Peut-être devinait-il mon jeu...

Françoise m'a bien reçu. Je l'avais prévenue de ma visite. Elle habite un petit logement au rez-de-chaussée d'une vieille maison qui a été rénovée.

Elle devait bien se demander, elle aussi, ce qui me prenait d'aller chez elle. Elle a peut-être pensé que c'était ma bonne action de la journée.

Contrairement à chez Antoine, tout était en ordre dans l'appartement de Françoise. Il était même impossible de trouver de la poussière sur les meubles. Avait-elle fait le ménage juste avant mon arrivée ?

C'est une personne qui semble encore très timide malgré son âge avancé et tout ce qu'elle a vécu. On a surtout parlé de David.

Elle a admis que, sans lui, elle se sentirait encore plus seule. *Il a été là pour me soutenir quand j'étais jeune, lorsque j'ai eu des difficultés. Et il est encore là aujourd'hui. Il me conseille dans le choix de mes lectures. Nous allons parfois ensemble au cinéma. C'est important d'avoir un véritable ami dans la vie…*

Cette femme me semblait tellement fragile que je n'ai pas osé la bousculer, lui poser des questions embêtantes. On a l'impression qu'un rien pourrait la faire tomber par terre en morceaux.

Elle m'a offert du thé et des biscuits. Je n'avais jamais pris de thé de ma vie. J'ai mis un peu de sucre. Ce n'était pas désagréable.

Je me suis contenté de lui donner des nouvelles d'Annie sans insister sur son passé comme je l'avais prévu.

J'ai également mentionné Thomas, un homme dont j'avais fait la connaissance. Elle s'est contentée de m'écouter sans réagir.

Elle m'a posé des questions sur mes études, bien entendu. Sur mes amis.

Elle m'a appris qu'elle connaissait Ève et sa mère. Celle-ci vient même la voir à l'occasion. Lui a-t-elle parlé de l'orientation sexuelle de sa fille ? Je n'ai pas osé soulever la question.

Françoise a semblé surprise quand je lui ai avoué que je ne savais pas encore ce que je voulais faire dans la vie comme travail.

Elle a dit : *Tu pourrais suivre les traces de ta mère…*

À ma réaction, elle a dû voir que ce n'était pas là mon intention.

Un peu comme l'avait fait Antoine, elle m'a invité à revenir la voir. Je le ferai peut-être. Elle semble en effet bien seule.

En la quittant, je me suis dit que si cette visite ne m'avait pas avancé dans mes recherches, j'avais au moins fait du bien à quelqu'un aujourd'hui.

J'ai aussi réalisé une chose : je me sens bien en compagnie de personnes plus vieilles que moi. C'est étrange.

C'est comme si, avec elles, je n'éprouvais pas le besoin de jouer à l'adolescent qui veut en mettre plein la vue. Comme s'il n'y avait plus de place pour la compétition.

Et puis, je ne peux faire autrement que penser que ces personnes-là en savent beaucoup plus que moi sur la vie. Même la timide Françoise. A-t-elle déjà eu un amoureux ? Il faudrait que je pose la question à David.

En leur présence, je deviens plus attentif. Ces personnes vont peut-être m'apprendre des choses que je n'aurai pas à découvrir par moi-même.

Il est vrai que cela a commencé avec David il y a plusieurs années.

C'est lui qui m'a appris à patiner. C'est lui qui m'a appris à jouer au tennis.

Quand j'ai eu ma relation sexuelle pas trop réussie avec Ève, c'est à lui que j'en ai parlé dans les jours suivants. Là, je dois dire que je l'ai surpris un peu. Il ne savait pas trop quoi me dire.

Il a fini par me confier que cela pouvait se produire même chez ceux qui avaient de l'expérience en la matière.

Parfois, a-t-il dit, *les corps ne s'entendent pas. C'est une chose qui arrive, malheureusement… À d'autres moments, c'est presque la perfection, le grand bonheur… Tu verras…*

Pour le moment, ce grand bonheur, je ne l'ai pas encore trouvé…

Annie

Je me doutais bien que la chose allait se produire depuis que je sais que Thomas Martin, alias Tom Martin, est revenu vivre dans notre ville. Une personne devenue handicapée ne passe pas inaperçue. En plus, il vit dans le même quartier que le meilleur ami de Benoît, Marco. Ils sont amis depuis la petite école et ça continue maintenant. Marco n'est pas un mauvais garçon, loin de là. Il s'exprime bien, il est très débrouillard. Je l'ai remarqué tout de suite. Je dirais même qu'il est plus débrouillard que Benoît. Mon fils ne peut pas avoir toutes les qualités de la Terre. Même si je l'ai élevé du mieux que j'ai pu. Des fois je me dis qu'il aurait été préférable qu'il ait un père. Mais j'en ai décidé autrement dès le départ. C'était comme ça que je voyais les choses, comme ça que je me sentais bien. Il y avait en moi ce désir de vivre seule avec un enfant. Les quelques semaines où j'ai été danseuse dans un bar pour payer mes études m'ont-elles à ce point dégoûtée des hommes ?... Je les sentais tout près, dans le noir, qui me léchaient de leurs yeux vicieux. Et le patron de la boîte qui couchait avec les filles. Heureusement, il n'a pas eu le temps d'essayer ça avec moi. Ça, c'était une vraie folie de ma part. Quelques semaines seulement à me déhancher sous les réflecteurs... Heureusement que David et son ami Antoine m'ont rapidement convaincue de sortir de là. Mais maintenant, je dois admettre que je me retrouve dans une situation délicate. Benoît a parlé à un homme qui est son père et il ne le sait pas. Ce Thomas, lui, a peut-être tout deviné. Après tout, nous avons couché ensemble quatre fois, non, plutôt trois. Ça fait longtemps... Il connaît le nom de famille de Benoît. Il sait que son grand-père est l'écrivain David Parent. Et il sait que celui-ci est mon père. Il connaît aussi l'âge de Benoît. Si Thomas venait me poser carrément la question, que lui répondrais-je ? Je pourrais lui affirmer qu'il n'est pas le père de Benoît. Je pourrais lui dire : « Je n'ai jamais couché avec Thomas Martin, mais plutôt avec un certain Tom Martin, un anglophile qui voulait aller vivre en anglais en Australie et qui s'est finalement retrouvé en Ontario. Cet homme n'a rien à voir avec vous. » Je pourrais l'accuser de fausse représentation. Aurait-il le culot de demander un test d'ADN ? Je sais bien que c'est possible. Je suis avocate, après tout... Lorsqu'il m'a écrit, il y a plusieurs années, je n'ai même pas ouvert sa lettre. Quand j'ai vu son nom dans le coin gauche de l'enveloppe, j'ai tout de suite compris que c'était lui. La lettre venait de l'Ontario. Je savais déjà qu'il n'était pas allé en Australie. Mon père avait croisé son père par hasard. Ils se connaissaient un peu. Ils en avaient parlé. Le père de Thomas (Jean-Marie ? Jean-Marc ?...) était bien heureux que son fils ne soit pas parti au bout du monde. Il se sentait d'ailleurs un peu coupable de ce départ. Son unique fils préférait aller vivre en Ontario. Quelle tristesse... Il était persuadé qu'il reviendrait après quelques années. Que lui avait-il fait pour qu'il prenne cette décision ? Il l'avait peut-être trop embêté avec son désir d'indépendance du Québec ? Thomas m'en avait parlé lors de nos rencontres au café. Et il était plutôt du côté de sa mère… Une femme d'origine anglaise. David m'avait dit : « Ce doit être en effet assez troublant de voir son unique enfant s'éloigner comme cela… Je ne sais pas comment j'aurais réagi si tu étais partie vivre au loin… Mais je ne t'en aurais pas voulu… » Ne t'inquiète pas, David, je ne partirai jamais de cette petite ville. J'y suis née, j'y ai vécu toute ma vie. Et comme toi, je suis plutôt sédentaire. Il faut bien tenir de quelqu'un… Comme toi, je vais à Montréal régulièrement. C'est bien comme ça. J'y vais pour mon travail et aussi pour voir des amis que je m'y suis faits.

Je n'ai pas besoin de cette histoire avec Thomas présentement. Je suis débordée par un procès qui me prend tout mon temps et toute mon énergie. Une histoire affreuse. Comme j'en ai vu quelques-unes dans ma vie d'avocate. Une pauvre femme qui est maltraitée depuis des années et qui a eu enfin le courage de porter plainte. On dit que le temps de l'esclavage est terminé, mais ce n'est pas tout à fait vrai… Ça prend du courage pour s'en sortir, surtout lorsque votre conjoint est une personnalité hautement respectée dans une petite ville comme la nôtre. Un homme d'affaires qui procure du travail à quelques dizaines de personnes. Un homme qui va à la messe tous les dimanches et qui a même déjà été marguillier. Un homme que plusieurs aimeraient bien avoir comme député pour les représenter au Parlement. Il fait partie de nombreuses associations. Un homme respecté de l'Église et de l'État ! Oui, il faut du courage. Cette femme peu instruite était sans doute très heureuse d'avoir quitté son milieu modeste pour épouser ce fils d'industriel. Ses parents devaient également être fiers d'elle. Elle se retrouvait dans une belle grande maison, dans un quartier huppé de la ville. Une prison dorée. Mais au bout de dix ans, elle n'en pouvait plus. C'était quotidiennement de la torture morale et physique. Aussitôt qu'elle se disait en désaccord avec son mari, elle le payait très cher. Il la mettait en pénitence comme si elle n'avait que six ans. Il lui défendait de sortir de chez elle pendant des jours. Il la faisait même surveiller. Et il la frappait parfois. S'ils avaient eu un ou deux enfants, la situation aurait peut-être été différente. Mais il ne voulait pas d'enfants. Il ne lui avait pas parlé de cela avant le mariage. Maintenant, il lui disait tenir à sa liberté. Mais autour de lui, il laissait entendre que c'était de sa faute à elle s'ils n'avaient pas d'enfants. Il parlait de la stérilité de sa femme. Et l'on était portés à le plaindre. Cet homme m'a même contactée pour me présenter une offre monétaire. Bien sûr, si j'en parle, il niera tout. Il a émis des remarques sur mon statut de fille-mère. Une honte pour l'Église ! C'est l'expression qu'il a utilisée. Il m'a même dit : « Que connaissez-vous de la vie de couple, vous qui vivez seule depuis des années ?... Votre réputation est faite... »

Pour l'instant, je vais laisser les choses aller en ce qui concerne Thomas et Benoît. Peut-être Thomas n'est-il pas du tout intéressé à en savoir plus... Je vais essayer de passer à travers ce procès et je verrai par la suite. Benoît s'est déjà choisi un père en la personne de David. Ils sont toujours à s'écrire quand ils ne sont pas ensemble. Oui, je vais laisser les choses aller... Suis-je une bonne mère ? Je m'occupe de mon travail avant ma famille... Je ne peux tout régler en même temps. Et Benoît n'est surtout pas malheureux. Si un jour il apprend la vérité, je ferai face à la musique. Mais d'un autre côté, je serais peut-être mieux de la lui apprendre moi-même avant... Je vais laisser les choses aller... Ou je pourrais en parler à David. Il est toujours demeuré discret à ce sujet, mais il mériterait bien, lui aussi, de savoir la vérité. Je vais laisser les choses aller pour le moment...

J'ai eu des procès difficiles dans le passé, mais celui-ci est plus embêtant, étant donné qu'il touche un homme admiré de tous. Il a commencé par nier, mais sa conjointe avait pris la peine d'enregistrer, à son insu, certains de ses propos violents à son endroit. Puis un jour où il l'a frappée, elle s'est présentée chez un médecin qu'elle connaissait et qui a constaté son état. Son mari lui avait interdit de quitter la maison, mais elle a trouvé la force de braver cet interdit. Elle s'est réfugiée chez ses parents. Moi, c'est elle que j'admire. Et non lui. Je sais que parfois j'ai l'air obsédée par ce fléau. Benoît me l'a déjà fait remarquer. Mais il sait bien, lui aussi, que j'ai raison. Il entend raconter des choses à son école. Il y a des rumeurs qui circulent. Il connaît des gars de son âge qui sont violents envers leurs amies. Il faudrait commencer par là. Rencontrer les jeunes dès le primaire et les convaincre que la violence est inacceptable. Ce serait la seule raison pour laquelle j'accepterais de faire de la politique. Travailler au ministère de l'Éducation. Ou aux Affaires sociales.

Tel que je connais Thomas, il n'aurait pas été un homme violent pour moi. Je l'ai fréquenté pendant environ deux mois et il manifestait une extrême gentillesse. Maintenant, comment vit-il sa situation d'homme en perte d'autonomie ?... Je devrais commencer par aller lui parler. Voir ce qu'il sait vraiment. Ce qu'il pense de tout cela. Oui, quand j'aurai un peu de temps à moi. Benoît me dit qu'avec le retour du beau temps, Thomas est souvent assis dans le parc, sous un arbre. Quelqu'un qui l'a connu avant le début de sa maladie m'a confié qu'il avait engraissé. C'est normal, presque toujours assis dans ce fauteuil. Il paraît qu'il marche encore parfois, certains jours où il se sent mieux. De tous les hommes que j'ai rencontrés, c'était celui de qui je me sentais le plus près. J'aurais peut-être dû lui donner sa chance. Mais il ne m'a pas laissé le choix avec son idée de départ pour l'Australie. S'il m'avait parlé de l'Ontario, aurais-je changé d'idée ? Je ne serais sans doute pas partie avec lui, de toute façon. Et s'il m'avait dit qu'il restait ici ?... J'aurais réfléchi. Mais je pense que mon désir de vivre seule avec un enfant aurait tout de même pris le dessus. S'il était resté ici, il aurait constaté rapidement ce qui s'en venait... Comment aurait-il réagi ? Aurait-il eu la force de respecter ma façon d'envisager les choses ?... Un homme peut-il aller jusque-là pour une femme qu'il aime ?... M'aimait-il vraiment ? Je ne lui ai pas donné la chance de me le dire. Tout cela s'est passé il y a plus de quinze ans...

[...]

Et voilà que Benoît vient de m'en apprendre une bonne. Il accompagne aujourd'hui Thomas qui va rendre visite à sa mère vivant dans une résidence pour personnes âgées. Benoît va donc rencontrer sa grand-mère paternelle sans le savoir !... Je dois admettre que là, je suis dépassée par les événements. Heureusement, Thomas ne semble avoir rien dit de précis à Benoît. Il l'a invité en ami. J'ai déjà raconté à Benoît que je m'étais occupée, jadis, de personnes âgées. J'allais leur faire la lecture, chez elles, à la maison. Il s'en souvient peut-être. Va-t-il devenir bénévole lui aussi ? Mais ce n'était pas dans les mêmes circonstances. Lorsque David allait exécuter des petits travaux chez des gens âgés, il me les présentait parfois. Quand ils lui semblaient bien seuls, il me suggérait d'aller les voir. Et cela me convenait. J'avais le sentiment de faire quelque chose de bien. Je ne pourrais donc pas reprocher à Benoît d'agir de façon semblable. Mais je suis tout de même renversée... Au fond, Thomas tisse bien les fils de sa toile. Il va nous piéger en douceur... Ou il va attendre ma réaction. À vrai dire, il n'est sûr de rien. Tant que je n'aurai pas confirmé tout cela, il demeure dans le doute. Peut-être s'y sent-il bien ? La vérité lui fait possiblement peur autant qu'à moi. Je retourne à la préparation de mon procès qui débute dans quelques semaines. C'est devenu un objet de diversion. Je suis en train de défendre une femme que je ne connaissais pas il y a quelques mois, alors que moi, je n'ai personne pour m'aider... Qui viendra à mon secours ?... David, oui, c'est le seul qui me comprendrait. C'est lui qui me connaît le mieux.

[...]

Je viens de téléphoner à David. Je lui ai résumé la situation. Je préférais lui dire tout cela au téléphone. Je n'avais pas le courage de le lui raconter en face. Il m'a écoutée silencieusement. Il a fini par réagir. Comme d'habitude, il pesait ses mots :

« C'est en effet une situation embarrassante pour toi. Et Benoît est intelligent. Il va finir par comprendre ce qui se passe. La grande question est de savoir ce que Thomas lui dira. Thomas a sûrement tout compris... Ou, en tout cas, il a sûrement de sérieux doutes... Je pense que tu devrais le rencontrer pour voir comment il va réagir. Benoît m'a parlé de lui dans un récent courriel. Ce Thomas semble quelqu'un de bien... Oui, je pense que tu devrais le rencontrer.

Ou lui écrire... Non, le rencontrer, en prétendant que c'est un heureux hasard. Tu vois ce que je veux dire... Tu passes près de chez lui et, s'il est assis dans le parc, tu vas lui parler. Enfin, c'est ce que je ferais à ta place, mais je sais que ce n'est pas simple... À la limite, je pourrais aller le rencontrer moi aussi. Il a parlé de moi à Benoît. Il a même, paraît-il, déjà lu un de mes livres... » Ce n'est pas simple, mais il a raison. C'est probablement la seule chose à faire. Et aujourd'hui ce n'est pas trop chaud, c'est parfait pour une promenade...

David a toujours été de bon conseil. Je ne sais pas ce que je serais devenue sans son écoute attentive. Je pourrais aussi en parler à Johanne, ma mère. J'oublie parfois qu'elle existe tellement je la vois peu souvent. C'est pourtant elle qui m'a mise au monde. On dit souvent que les filles sont plus proches de leur mère que de leur père. Je suis encore l'exception à la règle. Quand j'étais ado et que j'avais des problèmes, c'est vers David que je me tournais. Et c'est ce que je fais encore aujourd'hui. Johanne n'est pas une mauvaise femme, mais on dirait qu'elle n'appartient pas au même monde que nous. Je veux dire au même monde que moi et David. Nous ne nous disputons jamais, mais nous avons des rapports plutôt superficiels. Elle a un fils avec son nouveau mari. C'est peut-être différent avec lui...

David a d'ailleurs été bien gentil de m'écouter aujourd'hui. Je sais que je le dérangeais. Il avait de la visite. Et pas n'importe laquelle. À ces moments-là, il dit : « Ma visiteuse est là... » Il s'agit de Yolande. Avant, il la voyait plus souvent, car elle habitait dans la région. Depuis qu'elle s'est installée à Montréal, elle vient le voir trois ou quatre fois par année. David m'a avoué un jour, en souriant, un peu gêné : « Elle vient pour le plaisir et aussi pour la littérature… Yolande, c'est mon péché mignon… » Yolande est sa maîtresse. Par plaisir, il entendait donc le plaisir d'ordre sexuel. On peut dire que c'est une vieille relation puisque ça dure depuis de nombreuses années. Elle reste chez lui quelques jours et elle repart. La première fois que j'ai vu cette femme, je l'ai trouvée un peu vulgaire sur le coup. Mais après dix minutes de conversation, mon opinion a commencé à se nuancer. Autrement dit, c'est quelqu'un qui gagne à être connu. Et David l'a initiée à la littérature. Depuis qu'elle le connaît, elle s'est mise à la lecture. David lui fait lire ses auteurs préférés. Elle repart toujours de chez lui avec un sac de livres qu'elle lui rapporte à sa visite suivante. Est-ce une façon pour David de se déculpabiliser ?… Peu importe, au fond il ne cause de mal à personne. Et aujourd'hui, malgré la présence de sa visiteuse, il a pris le temps de bien m'écouter. Il ne négligerait pas les gens qu'il aime à cause de Yolande. J'ai déjà demandé à David si Yolande viendra un jour vivre avec lui. Il m'a répondu : « J'en doute fort. Ce n'est pas son genre de s'installer quelque part de façon définitive… Et je préfère ça comme ça… »

David a bien eu quelques autres femmes dans sa vie. Surtout quand il était plus jeune. Après avoir terminé mes études de droit, lorsque j'ai quitté la maison, j'aurais bien aimé qu'il se trouve une compagne, qu'il tombe amoureux. Mais cela ne s'est pas produit. Je me souviens qu'à deux reprises je lui ai présenté des femmes dont j'avais fait la connaissance et qui me semblaient intéressantes pour lui. Il a rencontré chacune une ou deux fois mais ça n'a pas fonctionné. À cette époque, David avait même commencé à m'appeler, en souriant, *la marieuse*… Quand nous nous parlions au téléphone, il me demandait : « Puis, as-tu trouvé une nouvelle personne digne de partager ma vie ?... » Le temps a passé et j'ai été prise par d'autres projets...

Il y a longtemps que David m'a demandé de l'appeler par son prénom. Le jour de mes dix-sept ans, il m'a dit, après m'avoir offert mon cadeau d'anniversaire : « À partir de maintenant, j'aimerais que tu laisses tomber le papa. Je préfère que tu m'appelles David, tout simplement. » Je sais qu'il a récemment demandé la même chose à Benoît. D'ailleurs, celui-ci m'appelle le plus souvent Annie, et non maman. Et cela surprend parfois ses amis qui viennent à la maison. Quand j'étais petite, le père de David s'occupait beaucoup de moi. Les jours de congé, il venait me chercher pour m'emmener au parc ou au cinéma. Je me souviens maintenant que j'étais la seule à l'appeler par son prénom : Jean-Christophe. Étrange, cette histoire de prénoms...

Oui, je vais suivre le conseil de David, même si je trouve cette démarche angoissante. Je vais donc essayer d'oublier ce fameux procès le temps d'une promenade jusqu'au parc.

Annie et Thomas

Dès qu'elle approche du parc, elle le voit assis sur un banc, son déambulateur près de lui.

C'est une de ces journées où il parvient encore à marcher. Il s'est rendu jusque-là accompagné de Donatien, qui est maintenant retourné à la maison pour s'occuper du ménage.

Elle le voit de loin et le reconnaît tout de suite, même s'il a changé un peu avec les ans. Il a engraissé légèrement et son abondante chevelure semble maintenant clairsemée. De plus près, elle constatera aussi qu'il a quelques cheveux gris.

Il lit un roman policier, le dernier Michael Connelly. Il s'est mis au roman policier ces derniers mois. C'est Donatien qui lui a parlé de cet auteur dont il dévore tous les livres. Il lui a aussi suggéré d'autres noms, comme Lawrence Block et Åke Edwardson. Quand ils étaient à la petite école, Donatien était le cancre de la classe et c'est maintenant lui qui fait des suggestions de lecture…

Lorsque Thomas lève les yeux, il aperçoit Annie qui s'approche en traversant la rue. Il la reconnaît, même s'il ne l'a pas vue depuis plusieurs années. Elle a encore sa démarche assurée. La démarche de quelqu'un qui semble savoir où il va dans la vie.

S'il pouvait lire dans ses pensées, il constaterait jusqu'à quel point elle est nerveuse, inquiète. Elle ne sait pas exactement, à ce moment-là, où elle s'en va dans la vie. Elle a même peur de ce qui se produira dans les minutes suivantes.

Elle le salue en souriant. Il fait de même. Elle vient s'asseoir à côté de lui. Ils se demandent tous les deux qui brisera le silence.

Et ce sera elle…

— Benoît m'a dit que tu venais souvent t'asseoir ici. En me promenant, je me suis dirigée vers ce parc… J'espérais t'y voir…

— C'est une bonne idée. Je suis heureux de te revoir… Tu n'as pas beaucoup changé, malgré le temps… Et je constate que Benoît te ressemble. Il a ta bouche, ton regard. Par contre, il n'a pas ta démarche.

— Toi et Benoît, vous êtes devenus des amis, en quelque sorte…

— Parfois il me rend service, quand mon homme à tout faire, Donatien, n'est pas disponible. J'ai besoin d'aide maintenant… Benoît est un garçon gentil, intelligent. Tu dois être fière de lui…

— Et il est même allé voir ta mère…

— Oui. Elle est toujours contente lorsque je lui amène des visiteurs. Elle a un ami qui se nomme Maurice, qui s'occupe beaucoup d'elle. Mais je trouvais bien qu'elle voie aussi des personnes plus jeunes.

— Benoît fait donc une sorte de bénévolat… Je veux dire… en allant voir ta mère. Il…

— On peut considérer ça de cette façon. Mais il le fait aussi pour moi, un peu par amitié. Du moins, c'est ce que j'espère... Ils sont quelques jeunes à venir me voir à l'occasion. Tu sais sans doute que son copain Marco habite tout près... Comme je n'ai pas beaucoup d'amis, je suis heureux de les connaître.

— Oui, tu as raison. Parler avec des ados nous donne un autre point de vue sur les choses... Et ta santé ?...

— Pour le moment, ça semble stationnaire. Mais mon médecin, je veux dire celui que j'avais en Ontario, n'en revenait pas que tout cela ait évolué si rapidement... On parle parfois des recherches qui vont bientôt donner des résultats positifs et aider des gens comme moi... Il faut vivre d'espoir... Donatien me fait prendre des produits naturels. Il est persuadé que ça peut m'aider. Je n'arrive pas à y croire vraiment...

— Et ton travail ?

— Ça va aussi. Je peux travailler à la maison. Surtout en comptabilité. J'ai suivi des cours dans ce domaine quand j'étais en Ontario. On me donne de petits contrats : des déclarations de revenus, des choses comme ça... Avec Internet, les choses ont bien changé...

— Et tu t'es mis à la lecture.

— Oui, j'ai du temps... Je voulais lire des bouquins de ton père, mais je ne l'ai pas encore fait. Sauf un, que j'ai lu il y a quelques années, en Ontario.

— L'Ontario, c'est en tout cas moins loin que l'Australie...

— Ne te moque pas. Je voulais t'en parler il y a plus de quinze ans. J'aurais dû... Je le regrette un peu... Il faut dire que tu ne m'en as pas laissé l'occasion... Tu m'as tout de suite fait comprendre que je n'étais qu'un copain de passage dans ta vie...

— Tu m'as un jour écrit. Je n'ai pas ouvert ta lettre. J'aurais peut-être dû le faire moi aussi…

— Au fond, nous nous sommes caché des choses. C'est un peu normal entre deux personnes. On dit rarement tout…

À ce moment-là, il y a une pause. Deux minutes environ. Comme si la première scène était terminée et que les deux protagonistes avaient quelques instants pour reprendre leur souffle.

Des gens passent devant eux et ne se doutent pas de l'importance de ce qui se joue sous leurs yeux. Aussi ne s'arrêtent-ils pas pour en connaître plus.

C'est elle qui reprend la parole.

— Là, je suis un peu débordée par mon travail. Je peux au moins te dire cela. Je me suis embarquée dans un gros procès. Enfin, gros pour une petite ville comme la nôtre…

— J'en ai entendu parler par quelqu'un qui fréquente l'univers de la Justice. Tu dois te sentir utile, surtout si la plainte est fondée…

— Je peux te dire qu'elle l'est. Pour le reste, je suis soumise au secret.

— Je comprends cela…

— Et dans ta vie… Tu as quelqu'un ?…

— Quand j'étais en Ontario, j'ai été amoureux. J'ai même pensé que ça y était. Puis les choses se sont gâtées… D'ailleurs, je me demande comment cette femme aurait réagi en voyant mon état se détériorer. M'aurait-elle suivi au Québec ?... J'avais aussi quelques bons amis. On s'écrit encore sur Internet. Ils sont venus me voir. C'est un couple. Ils ont un garçon qui se nomme William. Quand il était petit, il m'arrivait de le garder.

— Je vis seule, moi aussi. Je veux dire seule avec Benoît. Il y a mon fils et mon travail... Et aussi mon père. Tu te souviens peut-être que nous avions rencontré celui-ci un jour, justement dans ce parc...

— Oui, je ne l'ai pas oublié. Et je ne t'ai jamais oubliée, toi non plus... Même quand j'étais amoureux de cette femme qui s'appelait Ann. Elle te ressemblait d'ailleurs un peu. Je veux dire physiquement. Elle n'avait pas par ailleurs ton assurance...

— Tu sais, les apparences sont parfois trompeuses... Je suis très douée pour faire bonne impression...

— ...

— En ce moment, par exemple, je ne me sens pas du tout sûre de moi... C'est même le contraire.

— ...

— Tu as peut-être... Je veux dire... tu as sans doute quelque chose d'important à me demander. Il y a probablement une question qui te trotte dans la tête depuis un moment... Tu...

— Oui, j'y ai beaucoup réfléchi depuis que je connais Benoît. Je sais son âge... Et je me souviendrai toute ma vie des trois belles rencontres intimes que nous avons eues chez toi il y plus de quinze ans... Mais je préfère ne pas te la poser, cette question. Si un jour... Disons, si tu en éprouves le besoin un jour, je préfère que ce soit toi qui me donnes la réponse, même si je ne t'ai jamais posé la question clairement...

— ...

— Tu me diras ce qu'il te semble important de me dire… Si tu veux…

— …

— Mais je me trompe possiblement tout à fait. Il n'y a peut-être rien d'important à dire… C'est à toi de juger…

— …

— Je te fais confiance…

— Je te remercie de ta confiance… C'est David qui m'a suggéré de venir te rencontrer. Benoît lui a parlé de toi. David m'a dit que tu semblais une bonne personne…

— …

— Bon… Je crois que je vais y aller. C'est déjà beaucoup pour une première rencontre… Je reviendrai peut-être jaser avec toi… Ça m'a fait du bien. Et j'ai presque oublié ce procès qui m'obsède ces temps-ci. Je dois me préparer, car l'homme que nous poursuivons a tout l'argent nécessaire pour se payer un très bon avocat.

— Donc, on se dit à bientôt.

— Oui, c'est cela, à bientôt.

— Et bonne chance pour ce procès. Le journal va sûrement en parler. Je vais suivre l'affaire. Je me souviens de certaines de nos discussions et je n'aimerais pas t'avoir comme adversaire… Je le dis en riant, mais je suis sérieux…

Elle ne répond pas. Elle se contente de sourire, de se lever et de partir.

Thomas regarde Annie s'éloigner en marchant sous le soleil. Elle ne se retourne pas pour le saluer de loin. Si elle le faisait, cela lui procurerait un grand plaisir. Mais au fond, ce n'est pas si grave…

Annie se sent soulagée. Elle est bien consciente que son problème n'est pas réglé. Par contre, après avoir parlé à David et à Thomas, elle a le sentiment d'être moins seule pour l'affronter. Elle sait maintenant que Thomas ne la bousculera pas, qu'il la laissera agir à son rythme.

Par ailleurs, ce que Thomas et Annie ne savent pas, c'est qu'ils ont été observés durant leur conversation. En effet, Marco, qui habite lui aussi en face de ce parc, a vu Annie arriver et s'installer près de Thomas. Il a même utilisé ses jumelles pour tenter de voir en gros plan ce qui se passait là. Il aurait aimé lire sur leurs lèvres. Il en conclut tout de même que la conversation s'est bien déroulée, mais qu'elle a eu indéniablement un caractère sérieux.

Annie connaît-elle Thomas depuis longtemps ou est-elle venue le rencontrer parce que les relations entre lui et son fils l'inquiétaient ? C'est la question que Marco se pose. Il décide de satisfaire sa curiosité sur-le-champ. Comme il n'a pas parlé à Thomas depuis quelques jours, l'occasion est belle de prendre de ses nouvelles. Il se dirige donc vers le parc en le saluant de loin.

Et il décide de ne pas tourner autour du pot :

— Je vous ai vu parler avec la mère de Benoît. Elle est gentille, n'est-ce pas ?

— Oui, c'est une femme agréable. Et une avocate qui est sans doute très compétente.

— Vous la connaissez depuis longtemps ?

Là, Marco sent que Thomas est un peu embêté. Il n'a pas l'habitude d'éluder les questions. Après une hésitation, il fait un geste de la main qui veut peut-être dire depuis longtemps… Et Marco se sert de cette vague réponse pour tenter d'en savoir un peu plus : « Donc vous la connaissez depuis longtemps ?… »

La réponse vient finalement : « Elle a été élevée dans cette ville. Et lorsque j'y suis arrivé, j'étais encore jeune. Oui, nous nous sommes déjà croisés dans une autre vie, si je puis dire… Mais je ne l'avais pas revue depuis de nombreuses années. »

Satisfait de cette réponse, Marco n'insiste pas. Il parle plutôt de ses amours. De Léa qu'il voit régulièrement. C'est la première fois de sa vie qu'il est vraiment amoureux. Il éprouve le besoin d'en parler à quelqu'un de plus vieux, quelqu'un qui a sûrement vécu ce genre d'expérience.

Thomas l'écoute en se souvenant qu'il a été jeune lui aussi. Il espère que Marco ne sera pas déçu dans un mois ou deux. Il trouve que l'ami de Benoît s'emballe rapidement. Mais aussi il l'envie. Marco a toute la vie devant lui. Thomas aura-t-il la chance de vivre une autre histoire d'amour avant d'être devenu trop vieux ? C'est à cela qu'il songe lorsque Marco le quitte.

Thomas se dit qu'il faudra peut-être qu'il soit plus accueillant envers cette voisine, Denise, qui lui rend parfois visite. Lui donner sa chance… Elle est toujours prête à lui rendre de petits services. Elle ne vient peut-être pas le voir seulement par pitié…

Benoît

Marco a surpris ma mère et Thomas en pleine conversation. Ce n'était pas un complot. Ils discutaient au grand jour, assis dans le parc. Comme deux amis.

Donc Annie a pris ma place aujourd'hui. Ce n'était peut-être pas une rencontre planifiée. Un hasard ?...

Et lorsque Marco en a parlé à Thomas, celui-ci a admis qu'il avait connu Annie *dans une autre vie*.

Cette expression me trouble un peu. Annie ne m'a pas laissé entendre la même chose.

Elle n'a jamais fait allusion au passé. Pourquoi ?

Elle a simplement dit qu'elle avait entendu parler de Thomas, comme ça... Elle a évoqué la rumeur publique.

Est-ce que je suis en train de créer un faux mystère ?...

* * *

Annie ne s'emporte à peu près jamais devant moi. Mais ç'a été le cas aujourd'hui. On peut dire qu'elle a pogné les nerfs, qu'elle a pété les plombs.

Elle s'est mise à crier comme je l'ai rarement vue faire. Son discours est devenu incohérent. Je croyais qu'elle se mettrait à pleurer. J'en avais peur et pitié en même temps.

Il a suffi que je parle de Thomas, de leur rencontre de la veille, et surtout que je mentionne leur autre vie. Si je n'avais pas ajouté *tu m'as caché des choses*, cela n'aurait peut-être pas donné lieu à un tel emportement de sa part.

Elle m'a dit : *Tu m'espionnes ?... Je n'ai plus le droit d'aller prendre l'air et de parler avec qui je veux ?... J'ai le devoir de m'inquiéter pour toi et d'essayer de connaître les gens que tu fréquentes, surtout quand c'est un adulte de quarante ans. Je ne t'ai pas parlé du fait que j'ai connu Thomas dans le passé parce que ce n'était pas important...*

Je n'ai pu retenir le reste mot à mot, mais ce n'était pas très beau à entendre. Elle a complètement perdu les pédales. Et elle s'est réfugiée dans sa chambre en claquant la porte.

* * *

Deux heures plus tard, j'ai trouvé ce petit mot sur la table de la cuisine :

Cher Benoît,

Je suis désolée. Je n'aurais pas dû réagir de cette façon. Je pense que c'est le procès qui me met dans un tel état. Je suis très nerveuse ces temps-ci. Tes questions sont légitimes. J'y reviendrai dans quelque temps. Après le procès. D'ici là, j'aimerais qu'on oublie cela. Tu peux continuer à fréquenter Thomas.

C'est, je crois, une très bonne personne.

Je t'aime,

Annie.

* * *

J'ai envoyé un courriel à David et je lui ai parlé de cette scène avec Annie.

Il a un peu tardé à me répondre. Ce n'est pas son habitude. Il était peut-être occupé à autre chose.

Il m'écrit :

Benoît,

Je pense qu'Annie a accepté de défendre une cause qui lui tient beaucoup à cœur et cela la bouleverse. Je l'ai rarement vue perdre son assurance. Je dois admettre que cela m'inquiète un peu. Elle a toujours envisagé son travail avec une certaine sérénité, même dans les moments plus difficiles. Et il y en a eu…

En ce qui me concerne, je n'aurais jamais pu effectuer ce type de travail. J'aurais rapidement paniqué. J'aurais douté continuellement. J'admire ta mère pour sa force de caractère. Je ne sais pas de qui elle tient cela. Ça doit venir du côté de ta grand-mère Johanne…

Je te suggère la patience. Dans quelques semaines, le calme sera revenu. Vous pourrez alors reparler de Thomas. Tu te tracasses peut-être pour rien…

Suis mon conseil et tiens-moi au courant.

Et tu peux venir me voir…

David

P.-S. Antoine m'a fait part de ta visite. Il a été heureux de te voir même si tu lui as posé une question embêtante à laquelle il ne pouvait pas répondre, bien entendu. Tu peux y retourner. Je pense qu'il se sent bien seul. Ou nous pourrons y aller ensemble un jour .

* * *

Après l'école, j'ai décidé d'aller voir Thomas. Il n'était pas dans le parc ni chez lui. *Parti rendre visite à sa mère*, m'a dit Donatien, qui était en train de laver les vitres du devant de la maison.

J'ai hésité, puis j'ai laissé tomber. Je verrai Thomas un autre jour.

* * *

Grande nouvelle aujourd'hui. Le fameux procès qui bouleverse Annie a été annulé.

Si j'ai bien compris, les deux parties en sont arrivées à une entente. La plainte a été retirée juste à temps de la part de la plaignante.

Annie est déçue, mais elle doit respecter la décision de cette femme qui n'a pu aller jusqu'au bout de sa démarche.

Elle a baissé pavillon devant les pressions. Probablement.

Annie m'a confié qu'elle n'avait pas tout perdu. Elle obtient le divorce. Et s'en sort avec une grosse somme d'argent.

Le mari, lui, s'en sort sans avoir affronté la Justice.

Mais, comme dit Annie, le doute va persister dans la population. S'il est très habile, il parviendra à sauver la face. Il est très riche, ça aide… Il crée des emplois dans notre ville.

Annie dit que c'est tout de même une sorte de victoire pour son épouse. Elle pourra, elle, refaire sa vie. Peut-être retrouver une forme de paix…

* * *

J'ai rencontré Ève ce midi. Elle était avec son amie. C'est parti. Elles sont en couple.

J'ai beau ne pas avoir de préjugés, je me sentais tout de même un peu mal à l'aise.

On était au restaurant. Moi d'un côté de la table et elles de l'autre, qui n'arrêtaient pas de se sourire, de se prendre la main.

Ève a trouvé quelqu'un de bien. Et une très belle fille en plus.

Ce n'est pas toujours simple pour elles à l'école. Tout le monde sait maintenant qu'elles forment un couple.

Elles doivent parfois faire face à des réactions plutôt négatives. Ça vient, semble-t-il, autant des gars que des filles.

La mère d'Ève prend bien la chose. Elle se dit peut-être que ce n'est pas sérieux…

Ève n'en a pas encore parlé à son père, qui vit avec une autre femme, beaucoup plus jeune que lui. Ce n'est pas facile pour son père non plus. Il a vingt ans de plus que sa nouvelle conjointe. Celle-ci aimerait avoir un enfant. Le père d'Ève n'est pas prêt à recommencer.

La mère d'Odile, elle, n'accepte pas du tout ce que sa fille vit avec Ève. Son père non plus. Ils lui ont même suggéré d'aller rencontrer un psychologue. Odile n'en revient pas…

Elle et Ève aimeraient prendre un appart. Mais elles viennent à peine d'avoir seize ans toutes les deux et elles n'ont pas d'argent. Odile pourrait aller vivre chez Ève. Mais ses parents ne la laisseraient pas faire.

Autrement dit, les choses ne sont jamais simples.

Je les regardais et je me disais que j'étais encore seul. Seul avec ma mère et mon enquête sur mes origines.

Je n'ai pas parlé à Ève de ce que j'avais appris sur la relation passée entre Thomas et Annie.

Je ne voulais pas étaler tout cela devant Odile.

En retournant à l'école, on a croisé un groupe de gars. Il y en a un qui a lancé une niaiserie sur les gouines.

On a fait comme si de rien n'était. Je me sentais un peu lâche, mais je ne pouvais pas m'engueuler avec quatre gros gars qui pourraient être membres d'une équipe de football.

Je ne me suis battu qu'une seule fois, en sixième année. Match nul. L'autre n'était pas plus bagarreur que moi.

Et Annie m'en a parlé pendant deux semaines. *Nous ne sommes pas des animaux*, répétait-elle.

* * *

J'ai décidé de laisser Annie souffler un peu. Elle est sortie de son histoire de procès, mais elle semble épuisée. Et elle demeure en contact avec sa cliente, qui va peut-être devenir son amie.

Elles se voient ou se téléphonent tous les jours.

Cette femme se nomme Odile. Comme l'amie d'Ève. Il y a des noms qui reviennent d'une génération à l'autre.

À l'école, je connais au moins deux Thomas et un David. Pour ce qui est de Donatien, je n'en connais pas. Heureusement pour ceux qui ne portent pas ce nom…

* * *

Je suis retourné voir Maureen avec Thomas. Maurice est toujours là. Je ne sais pas si ça fatigue Thomas à la longue.

Lorsqu'on est arrivés, j'ai tout de suite remarqué que mon portrait était sur le mur, près de ceux de Thomas enfant. Elle m'a représenté debout devant la fenêtre.

J'ai l'air tout à coup du grand frère de Thomas. Et Maurice, de son père. Comme si Maureen avait voulu reconstituer une nouvelle famille sur les murs de sa chambre.

Thomas a sans doute remarqué cela lui aussi. Mais il n'a pas fait de commentaire.

J'ai suggéré à Maurice d'aller marcher un peu à l'extérieur. Je lui ai dit : *On va laisser Thomas seul avec sa mère. Ils ont peut-être des choses à se dire...*

Il m'a suivi, mais ça ne semblait pas lui plaire.

Quand on a été dans le jardin de la résidence, il s'est mis à me parler du passé.

Il connaît Maureen depuis longtemps. Il était un collègue de son mari, Jean-Marc. Parfois il la voyait lors de petites fêtes organisées à l'école.

Il semblait éprouver le besoin de se confier : *Je l'aime depuis un bon moment. Si je l'avais connue plus jeune, je veux dire avant Jean-Marc, je l'aurais demandée en mariage. Et j'aurais eu des enfants avec elle. Et... J'aurais pu...*

La suite n'est pas venue. Il m'avait résumé une partie de ses regrets. Il faisait un peu pitié. Je me sentais gêné...

Et puis il a mentionné David. Il a lu quelques-uns de ses livres : *J'enseignais la géographie, mais quand j'étais jeune prof, on me donnait parfois des classes de français pour compléter ma tâche. Je lisais alors beaucoup plus... Ton grand-père est même venu repeindre une partie de mon logement il y a environ quinze ans. Tu venais de naître. Quand il parlait de toi, il était très ému. Il m'a alors prêté deux ou trois romans... Patrick Modiano, Jacques Poulin... Nous en avons reparlé un peu par la suite. Dans les semaines qui ont suivi, je lui ai trouvé d'autres clients. Il suffisait d'en parler dans la salle des profs. J'ai pris ma retraite peu après.*

À notre retour dans la chambre de Maureen, celle-ci s'était endormie. Thomas la regardait, partie dans ses rêves.

Il nous a fait signe de ne pas faire de bruit.

Dans le corridor, on a rencontré la responsable des loisirs. Elle nous a parlé de l'exposition qu'elle veut organiser avec les dessins des résidantes. Ce serait dans quelques semaines. *Rien de compliqué*, a-t-elle dit. *Nous avons une petite salle qui s'y prête bien au rez-de-chaussée…*

Comment fait-elle, cette belle femme dans la trentaine, pour vivre tous les jours entourée de personnes malades, confuses, sur le point de mourir ?… Elle se sent sans doute très utile. Elle pourrait l'être aussi dans une garderie, avec de jeunes enfants qui ont toute la vie devant eux. Pense-t-elle parfois à sa propre vieillesse qui viendra un jour ?…

Je ne sais pas encore ce que je vais faire comme travail dans la vie, mais j'exclus cela. Je n'aurais pas la force de garder le sourire. J'aurais toujours peur que la mort se trompe et vienne me chercher, moi, au lieu de prendre une des personnes dont je serais responsable…

* * *

La police est venue à l'école aujourd'hui. Et ce n'était pas pour arrêter des vendeurs de drogue. Ou pour des vols commis dans les casiers. C'était à cause d'une bagarre. Et pas une bataille entre gars.

Trois filles s'en sont prises à Ève et à Odile. Le tout a dégénéré rapidement. Des coups ont été portés.

Je n'ai rien vu, mais on dit qu'Odile a été blessée au visage. Une des filles qui l'a frappée portait une grosse bague. Presque une arme blanche... Odile aura sûrement besoin de points de suture. Ève s'en est mieux tirée. Mais elle saignait, elle aussi, blessée à la bouche. On les a amenées à l'hôpital.

Un surveillant est intervenu. Il a reçu quelques mauvais coups dans la bousculade. Puis un prof qui passait par là s'en est mêlé.

Ceux qui pensent que les filles sont toujours douces devront réviser leur point de vue.

D'où vient cette altercation ? Marco croit que c'est à cause du fait qu'Ève et Odile sont en couple. Elles n'ont pas accepté qu'on les écœure.

En plus, une des filles a fait circuler sur Internet des photos d'Ève et d'Odile ensemble. On les voit marcher main dans la main.

L'an passé, je sais qu'un élève homosexuel de quatrième secondaire a été attaqué alors qu'il rentrait chez lui. Il est demeuré à la maison plusieurs jours. Il avait peur de sortir.

Depuis ce temps, il y a eu deux conférences à l'école sur l'homophobie. Il faut croire que ça n'a pas été suffisant...

Les filles vont sûrement être suspendues, quelles que soient les responsables. Elles se sont toutes battues.

J'imagine les réactions des parents d'Odile. Ils vont avoir des arguments pour faire la morale à leur fille...

* * *

J'ai eu des nouvelles. Odile s'était aussi blessée à un bras dans la bagarre, mais elle n'a pas de fracture. Les deux auront des ecchymoses pendant quelque temps. Pour les autres filles, je ne sais rien.

Elles ont toutes été suspendues pour une semaine.

Une enquête est en cours. Ève et Odile pourraient porter plainte. Mais j'ai l'impression qu'elles vont laisser les choses aller.

Ève parle plutôt de mettre sur pied un comité profs-élèves dont l'objectif serait de mieux informer les gens sur l'homosexualité. Organiser d'autres rencontres sur le sujet, distribuer des dépliants, aider ceux et celles qui vivent la chose difficilement…

C'est sans doute la réaction la plus intelligente.

Quand j'aurai réglé l'énigme de mes origines, je pourrai peut-être m'impliquer dans des causes de ce type.

* * *

Odile, la nouvelle amie d'Annie, est venue à la maison aujourd'hui. J'étais dans ma chambre, mais je les ai entendues discuter. C'est devenu parfois très émotif entre elles.

Odile a dit, à un moment donné : *Tu m'as sauvé la vie. Je ne pourrai jamais assez te remercier…*

Je me sentais un peu voyeur, indiscret. Elle a aussi ajouté : *Je sais que tu trouveras peut-être ça un peu exagéré… J'ai l'impression que tu es devenue la sœur que je n'ai jamais eue… J'ai toujours rêvé d'avoir une sœur à qui je pourrais me confier… J'en aurais eu grandement besoin depuis une dizaine d'années…*

Il y a eu un moment de silence. Puis elle a dit : *Ne pleure pas, je ne voulais pas te faire pleurer. J'ai dit ça parce que je le pense vraiment. Je suis tellement bien avec toi…*

Tout cela m'a convaincu d'attendre encore un peu avant de questionner à nouveau Annie sur ses relations avec Thomas.

J'ai préféré ne pas entendre la suite. J'ai mis mes écouteurs et j'ai monté le volume de la musique. Le dernier Daniel Boucher.

J'ai quitté la maison en me contentant de les saluer de la main.

Il y en a qui jurent juste par les tounes en anglais. Moi, j'aime bien la musique d'ici. Dumas, Les Cowboys fringants…

Thomas, lui, c'est le jazz. Il m'a parlé de Bill Evans, de Miles Davis. Et de plusieurs autres dont j'ai oublié les noms.

* * *

La bagarre entre les filles alimente encore les discussions à l'école.

C'est terrible à dire, mais il fallait peut-être cela pour que les gens réfléchissent.

Les bornés ont plus de difficulté à imposer leur point de vue dans les échanges.

Certains profs en ont profité pour amener le sujet dans leurs cours.

En français, c'est facile. Les exemples ne manquent pas. Quand Monsieur Leblanc dit que tel ou tel auteur, des génies, étaient des homosexuels, ça fait réfléchir…

Mais il n'y a peut-être rien à faire avec ceux qui détestent à la fois les gais et les cours de français…

J'ai déjà pensé que je ne serais jamais un écrivain. Mais depuis que je mets mes idées par écrit, je me rends compte que ça m'aide à réfléchir.

Quand je parle en groupe, je m'énerve et souvent je n'arrive pas à dire clairement ce que je pense. Après j'ai des regrets. Ça me trotte dans la tête.

Quand je mets ça par écrit, si ça ne me plaît pas, je peux tout effacer et recommencer... À l'ordi, on peut tout faire disparaître et ça ne laisse pas de traces.

* * *

Thomas m'a téléphoné hier. C'était la première fois. S'il était tombé sur Annie, lui aurait-il parlé un peu ?... Il voulait que je l'accompagne à la résidence de sa mère pour l'installation de l'exposition.

Rendu chez lui, je lui ai dit : *C'est chill !*

Il m'a regardé d'un air interrogateur.

J'ai dû lui expliquer : *C'est le langage de la poly. Ça veut dire : C'est cool ! J'ai fait exprès pour voir ta réaction...*

À la résidence, c'est surtout la responsable des loisirs qui a effectué le travail, même si elle nous demandait sans cesse notre avis.

En tout, il y a une trentaine de dessins. Certains ont un caractère bien naïf.

Ceux de Maureen se distinguent nettement des autres.

Thomas m'a dit : *Pourquoi n'ai-je pas pensé lui acheter du matériel à dessin plus tôt ? Cela aurait pu occuper une partie de sa vie. Et qui sait, avec un peu d'aide elle serait peut-être devenue une véritable artiste...*

Sur un des murs, je me retrouve encore une fois à côté de Thomas et de Maurice. Il y a aussi l'ancien mari de Maureen avec sa canne à pêche à la main. Il porte un grand chapeau et de longues bottes. Et il sourit comme s'il venait de faire une bonne prise.

Elle a également dessiné le portrait de sa sœur et de quelques préposées de l'établissement. Je mets le mot au féminin car ce sont presque uniquement des femmes.

Comment font-elles, ces préposées, pour garder le sourire aux lèvres ? pour s'occuper des personnes âgées sans perdre patience ? pour les aider à se laver et à s'habiller ? pour voir à ce qu'elles soient propres ? pour ne pas paniquer quand quelqu'un fait une chute ?...

Je n'avais jamais pris conscience de cela. Elles sont admirables...

Les gens pourront venir voir l'exposition durant un mois. On avait pensé organiser un petit vernissage, mais la mère de Thomas et ses compagnes s'y sont opposées. Elles ne se seraient pas senties à l'aise de jouer les vedettes.

On parle maintenant d'essayer de trouver un prof pour donner des cours. Une des résidantes a déclaré qu'elle avait un fils à la retraite qui, avant, était prof d'arts plastiques. Il enseignait au niveau collégial. Cela pourrait l'intéresser.

Si le bénévolat n'existait pas, les choses iraient encore plus mal...

J'ai dit cela à Thomas en revenant. Il m'a répondu : *J'ai vu des statistiques renversantes sur cette question. J'aurais dû les noter. Tu as raison, sans le bénévolat, je pense que le monde s'écroulerait...*

On était allés à la résidence en taxi. Sans Maurice, pour une fois. Cette situation semblait convenir tout à fait à Thomas.

La résidence est située à la sortie de la ville. Une douzaine de minutes en auto.

En général, je trouve plein de choses à dire à Thomas. Là, ce n'était pas le cas.

Mais ce n'était pas gênant. Je commence à le connaître assez pour pouvoir rester silencieux en sa présence. Et pour le tutoyer.

Le chauffeur nous jetait des regards dans son rétroviseur. Il se demandait probablement quel lien il y avait entre nous deux. Mais il n'a pas osé nous poser directement la question. Il le fera peut-être une autre fois, s'il en a l'occasion.

À notre arrivée à la maison, Maurice était là. Il était venu rendre visite à Thomas. Constatant que celui-ci était absent, il avait décidé de l'attendre, assis sur le balcon.

Il nous a regardés avec un air plutôt sérieux. Je pensais qu'il allait se choquer de ne pas avoir été invité à nous accompagner. Mais non, il n'a pas insisté. Il ne voulait sûrement pas se mettre Thomas à dos.

Avec ce qu'il m'a confié l'autre jour sur ses sentiments envers Maureen, il ne peut pas se disputer avec Thomas. Il le considère peut-être comme le gendre qu'il n'a jamais eu…

Il a finalement dit : *Au fond, vous avez bien fait d'aller là seuls, tous les deux. Je ne me serais pas senti très utile pour l'accrochage de l'exposition… Je me suis reposé en vous attendant. Tu es vraiment chanceux, Thomas, d'avoir une belle vue comme ça qui donne sur le parc… Moi, j'habite dans une rue où ça manque de verdure.*

J'écoutais Maurice parler et je me disais que c'était sans doute là faire preuve de bonne volonté. Cela vient peut-être avec l'âge…

Thomas

Quand j'ai décidé de revenir m'installer au Québec, je le faisais pour deux raisons : mes problèmes de santé et ceux de ma mère. Je n'attendais pas grand-chose de la vie. Je me voyais seul dans la maison à essayer de survivre. Je me voyais rendre visite à ma mère quand ce serait possible.

Puis, rapidement, tout s'est mis à bouger autour de moi. Donatien est arrivé, et il m'a énormément facilité l'existence. Je ne peux plus m'en passer. Maurice est venu m'offrir de me transporter tous les jours si je le désirais. Puis j'ai fait la connaissance de Marco et de son amie Marie-Ève. Non, plutôt Ève tout court. Puis Benoît est arrivé dans le décor. Sa venue ne m'a pas troublé tout de suite. Mais quand j'ai su qu'il était le petit-fils de David Parent, et donc le fils d'Annie Parent, un petit doute m'a envahi.

Maintenant, je me sens tout drôle. C'est comme si ma vie devenait quelque chose de plus dense. Je suis parfois démuni physiquement, ralenti dans mes déplacements, mais en même temps j'ai l'esprit plein de vie. Et de questions... Il y en a une que je n'ose pas poser à la personne concernée. C'est une question qui me fait un peu peur. Je préfère l'apprivoiser encore pendant un certain temps. De toute façon, j'ai laissé entendre à Annie, lors de notre unique rencontre depuis mon retour, que je ne la lui poserais pas, cette question. D'un autre côté, nous ne pourrons pas vivre comme ça, dans le sous-entendu, jusqu'à la fin de nos jours.

À certains moments, je dois admettre que l'incertitude me submerge. Je pense que j'ai été trahi par cette femme, qu'elle m'a caché la chose la plus importante de ma vie. Pendant quelques heures, je lui en veux. Mais quand je repense à notre conversation récente dans le parc et à tout ce qu'elle m'a apporté durant nos rencontres il y a une quinzaine d'années, je dois conclure que c'est une personne très bien. Que si elle a agi de cette façon, c'est qu'elle était incapable d'agir autrement. Cela devait correspondre à un besoin tellement profond qu'elle ne pouvait que lui obéir. Alors, je cesse de lui en vouloir. Et je me dis que le temps va arranger les choses.

À l'exposition des résidantes qui a lieu dans une petite salle près de l'entrée principale, il y a trois portraits de moi, un de Jean-Marc, un de Maurice et un de Benoît. Au fond, il ne manque que celui d'Annie pour que cette drôle de famille recomposée soit complète. Si j'avais une photo d'Annie, je pourrais suggérer à ma mère de faire son portrait. Serait-ce trop audacieux de ma part ? J'aurais dû y penser avant.

Benoît m'a dit qu'il avait convaincu Annie d'aller voir cette exposition. Ils y sont allés sans moi, un matin où il n'y avait personne. Après cela, Benoît a aussi convaincu Annie d'aller rendre une petite visite à ma mère. Celle-ci était, semble-t-il, dans une mauvaise journée. Lorsque Benoît lui a présenté Annie, elle n'a pas répondu. Elle s'est contentée de sourire. Benoît n'a donc pas su si ma mère comprenait vraiment à qui elle avait affaire. Ils se sont assis près d'elle et l'ont regardée qui feuilletait un de ses livres d'art consacré à Modigliani. Cet artiste a toujours été de ses préférés. Tout comme Nicolas de Staël et Georges de La Tour. Parfois, elle se tournait vers eux et leur montrait une reproduction. Une préposée est venue les saluer. Elle a tout de suite reconnu Benoît. On le considère comme un bénévole, surtout depuis qu'il a participé à l'installation de l'exposition.

Bien sûr, j'aurais aimé être là pour voir ce qui se passait entre ces trois personnes. Benoît m'a résumé tout cela et je lui ai posé des questions, mais avoir été là, j'aurais pu me faire une meilleure idée.

J'apprends à mieux connaître Benoît à chacune de nos rencontres. Et ce n'est pas très compliqué. Il n'a surtout pas l'air d'un jeune délinquant ou d'un adolescent perturbé. Parfois, il est même trop sérieux. Il doit bien lui arriver de commettre des bêtises, comme tous les gens de son âge. Et il n'a pas d'amoureuse pour l'instant. Quand il est venu me voir avec Ève, j'ai pensé qu'ils formaient tous les deux un couple. Il la regardait avec des yeux pleins de tendresse. Depuis, j'ai appris qu'Ève est amoureuse d'une fille. Même si Benoît ne le dit pas, je suis persuadé que cela a été un choc pour lui.

J'ai demandé à Benoît de me rendre un service. Je veux qu'il dise à David, son grand-père, que j'aimerais faire repeindre la pièce double qui donne sur le devant de la maison. Donatien m'a offert d'exécuter le travail, mais je lui ai répondu que je préférais donner le contrat à un spécialiste. Il m'a regardé d'un drôle d'air, un peu offusqué.

Tant pis. Donc j'aimerais que David vienne travailler ici, pour moi. C'est vrai que la pièce double n'a pas été repeinte depuis vingt ans. Mais c'est aussi un prétexte pour pouvoir lui parler. Lui et Benoît sont très proches l'un de l'autre. Ce sera une autre façon d'apprendre à connaître Benoît. David en a sûrement beaucoup à me dire sur son petit-fils. Et aussi sur Annie.

Benoît m'a répondu que son grand-père commençait à être vieux et qu'il n'effectuait plus beaucoup de travaux de ce genre. J'ai insisté pour qu'il le lui demande quand même. On verra bien. Il sera sans doute intéressé à me connaître lui aussi. Il a entendu parler de moi. Il en sait possiblement déjà beaucoup sur moi. Des fois, je me dis que je suis le seul à ne pas être au courant de la vérité. D'autres fois, je crois que seule Annie la connaît. Maintenant que son fameux procès a été annulé, elle aura plus de temps à elle. Elle trouvera peut-être un moment pour revenir me voir. Surtout si elle apprend que son père fait des travaux chez moi.

Benoît m'a téléphoné pour me dire qu'il venait de parler à son grand-père. Celui-ci a d'abord refusé de façon catégorique, disant qu'il était trop vieux, qu'il se débrouillait maintenant avec les maigres revenus que lui apportent depuis peu sa pension de vieillesse et parfois ses droits d'auteur. Mais quand Benoît lui a dit mon nom, il paraît qu'il y a eu comme un petit moment d'hésitation. Et David a fini par ajouter : « C'est vrai qu'un revenu supplémentaire m'aiderait un peu… Oui, mais dis-lui que je travaille plus lentement qu'avant. On pourrait s'arranger pour la semaine prochaine. Disons lundi… Si cela convient… »

Benoît m'a confié que son grand-père aimait de plus en plus qu'on insiste pour l'avoir. « À vrai dire, il fait encore des travaux, mais seulement pour les gens qu'il connaît. Pour toi, il a probablement accepté parce qu'il sait qu'on est devenus amis. Tu es chanceux, il a peut-être accepté pour me faire plaisir… » Benoît a souri en laissant entendre qu'il me menait en bateau.

Mais lui, Benoît, où en est-il dans sa réflexion sur ses origines ? Comment me voit-il, moi, dans tout cela ? Se pose-t-il la même question que moi ? Il en a sûrement parlé avec sa mère…

David est venu travailler à la maison. Il a vieilli, mais il est toujours le même. Légèrement voûté, moins de cheveux, la barbe grise. Mais il semble encore solide et il a toujours un bon coup de pinceau… Je lui ai demandé s'il se souvenait de mes parents. Je suis certain qu'il a déjà exécuté des travaux pour eux dans cette maison. Il m'a répondu : « Bien sûr que oui. Votre père, le nationaliste. À la moindre occasion, il s'enflammait à propos de l'histoire du Québec. Je me souviens que je l'avais un peu provoqué, pour le plaisir de la chose… Et votre mère, plus discrète avec son joli accent. Une bien belle femme… Toujours à s'inquiéter pour savoir si j'avais tout ce qu'il me fallait… »

Quand je lui ai dit que le premier était mort et que la seconde était dans un CHSLD, cela a semblé sincèrement le peiner. Je l'ai entendu murmurer : « Nous y viendrons tous… »

J'étais assis dans un coin à le regarder travailler. Pendant plusieurs minutes, ç'a été le silence. Une ou deux remarques sur les banalités de l'existence venaient parfois rompre ce silence : le temps qu'il fait en ce début d'été, la ville qui a changé à la suite des grands travaux entrepris sur l'ancienne place du marché. Et aussi des sujets plus sérieux : ma maladie, le procès d'Annie annulé, la bagarre qu'il y a eu entre filles à la polyvalente vers la fin de l'année scolaire, mon long séjour en Ontario... Comme moi, David était au courant de tout cela.

Durant tout ce temps, je me demandais ce qu'il pensait vraiment. Avait-il accepté ce travail pour gagner un petit revenu supplémentaire ou pour mieux me connaître ?... Que lui avait dit Benoît sur moi ?... Mais nous étions des gens civilisés. Il ne fallait pas blesser l'autre. Et, surtout, nous étions tous deux attachés à Benoît. Et à Annie.

Il m'a fallu attendre la fin de la deuxième journée, au moment où il était à ramasser ses affaires et à mettre un peu d'ordre dans la pièce, pour qu'il fasse une remarque pleine de sous-entendus : « Vous savez, il y a deux êtres qui me tiennent à cœur plus que tout dans la vie : ma fille Annie et mon petit-fils Benoît. Mais je pense que c'est surtout de ce dernier qu'il faut prendre bien soin. Il est encore jeune... Il faut s'en occuper avec délicatesse. Il a l'air d'un homme fort déjà, mais je sais qu'il est encore bien fragile... Qu'en pensez-vous, vous qui le connaissez assez bien ?... »

Jusque-là, je n'avais pas osé un seul commentaire pouvant nous mettre dans l'embarras. Je me disais même que ces deux jours m'en avaient appris bien peu. Nous n'avions même pas parlé de littérature. Et là, j'ai été un peu surpris. Mais je suis parvenu à lui dire qu'il avait pleinement raison. J'étais d'accord avec lui. Et j'ai ajouté : « Benoît est devenu quelqu'un d'important dans ma vie. J'apprends peu à peu à mieux l'apprécier… Il m'a dit qu'il aimerait voyager plus tard, faire le tour du monde. Peut-être ira-t-il visiter l'Australie à ma place… »

Sur ce, Donatien est apparu. Et c'est lui qui a parlé de littérature avec David. Il avait en main un roman d'un nouvel auteur à la mode que David ne connaissait pas. Je les ai laissés discuter entre eux. Je n'étais pas de taille à les suivre sur ce terrain. Donatien m'a surpris. On aurait dit un prof de littérature voulant en mettre plein la vue à un écrivain connu.

Donatien n'a pu se retenir de poser la question suivante : « Et vous, vous allez publier bientôt ? Il me semble que ça fait longtemps que vous n'avez rien offert de nouveau… Je suis peut-être indiscret… »

David a hésité avant de répondre : « Je n'ai peut-être pas dit mon dernier mot… J'ai pris des notes ces derniers temps. On verra… Mes travaux d'homme à tout faire m'accaparent beaucoup moins maintenant. Une de mes vieilles connaissances m'a dit à deux reprises de ne pas oublier mes lecteurs. Cela m'a fait sourire… Il a peut-être raison… On verra… » On sentait qu'il en avait déjà dit beaucoup sur le sujet et qu'il était inutile d'insister.

Benoît est venu à la maison aider Donatien à remettre les meubles en place. Il y avait un gros buffet qu'un homme seul ne pouvait déplacer. De même qu'une table et un divan dans le salon. Donatien avait retrouvé sa bonne humeur après avoir parlé de littérature avec un auteur comme David Parent. Il venait justement de se procurer l'un des derniers livres de celui-ci, un recueil de nouvelles, des histoires qui se passent souvent dans un café. Il m'a offert de me le prêter quand il aurait fini de le lire.

Et Benoît en a profité pour nous apprendre une nouvelle familiale : la sœur de David, Martine, est revenue au Québec. Elle était partie depuis un bon moment en Argentine avec Manuel, son amoureux. David semblait bien heureux de la revoir, son unique sœur. Il leur a même offert de les loger chez lui en attendant qu'ils se trouvent un logement. Tous les meubles de Martine avaient été entreposés, lors de son départ, dans un local loué à cette fin.

Benoît l'a rencontrée depuis son retour. Il dit qu'elle semble plus extravertie qu'avant, même si cela est difficile à croire. Elle a raconté des tas d'anecdotes sur son séjour en Argentine. Manuel, lui, est plus discret. Il l'écoute raconter tout cela et parfois il se contente d'apporter une petite précision. Et il sourit de la voir si heureuse parmi les siens.

Benoît répète que Martine a toujours été l'originale de la famille. Elle a eu des tas de petits emplois, mais elle voulait surtout faire du théâtre. Elle y est parvenue un peu au fil des ans. Elle a eu aussi plusieurs hommes dans sa vie, mais ce n'était jamais le bon. Avec Manuel, elle dit avoir enfin trouvé celui qu'il lui faut. Il est plus jeune qu'elle de sept ou huit ans, selon Benoît. Manuel a longtemps travaillé dans une imprimerie. Mais il est aussi un peu musicien et surtout danseur de tango. C'est ça qui a charmé Martine. Quand elle l'a rencontré, elle s'est mise au tango. Elle est allée en Argentine une première fois pour rencontrer les parents de Manuel. Puis ils y sont retournés pour un long séjour de plusieurs mois. Là ils sont de retour, mais pour combien de temps ? Benoît n'a pas réussi à le savoir. Il veut que je la rencontre. « Je vais te l'amener un jour. Tu ne t'ennuieras pas avec elle. C'est un phénomène rare... » Un peu plus tard, il a ajouté : « Martine est drôle, mais je me demande combien de temps David va pouvoir la supporter. Ils s'aiment beaucoup, sauf qu'ils sont tellement différents l'un de l'autre. On dirait, à les regarder, qu'ils n'ont pas eu les mêmes parents... Et elle n'est pas toujours discrète. Elle dit tout ce qu'elle pense... »

Je ne l'ai pas dit à Benoît, mais j'ai déjà croisé cette femme, Martine, il y a longtemps, à l'époque où je fréquentais Annie presque tous les jours. Elle s'était arrêtée au café pour nous saluer. Une vraie tornade. Et vêtue de couleurs voyantes comme une adolescente désireuse qu'on la remarque. En cinq minutes, elle avait eu le temps de nous résumer ses activités des derniers jours et de porter quelques jugements qui ne laissaient place à aucune réplique de notre part. Se souviendrait-elle de moi après tout ce temps ? En tout cas, elle n'a pu retenir le timbre de ma voix puisque je n'avais pas eu la chance, cette fois-là, de placer un mot.

Benoît n'a pas perdu de temps. Deux jours plus tard, comme je sortais de chez moi pour aller respirer l'air dans le parc, il est arrivé avec Martine. Et, les présentations faites, elle a pris la parole. Benoît m'a adressé un clin d'œil et je me suis retenu pour ne pas sourire. « À votre place, je serais découragée. Me déplacer difficilement me tuerait. Et je ne pourrais plus danser... Je deviendrais folle ! Depuis que j'ai découvert le tango, je sais à quoi servent vraiment les jambes. Tu devrais t'y mettre, Benoît, je t'aiderais... Benoît m'a dit que c'était votre lieu de rencontre, c'est un bel endroit. Ce parc existait déjà quand j'étais jeune... »

Après un bref silence, elle s'est tournée vers moi, elle m'a examiné en détail: « Je vous regarde, là. Il me semble que je vous connais… Oui, n'étiez-vous pas un ami d'Annie ? Oui, c'est ça… Celui qu'elle a jadis fréquenté pendant quelques semaines et qui est parti au loin… Au Japon ? Non, en Australie. Oui, c'est ça, en Australie. » Je lui ai indiqué que oui. Cela a semblé lui faire plaisir d'avoir toujours une aussi bonne mémoire. Je ne lui ai pas parlé de l'Ontario. Dans son esprit, l'Australie avait sûrement un caractère plus exotique.

Benoît l'écoutait avec de grands yeux. Il buvait ses paroles sans l'interrompre. Et moi, j'étais un peu inquiet de voir jusqu'où elle irait dans ses souvenirs… Elle a continué sur sa lancée: « Je me demandais comment Annie réagirait après votre départ. Je la pensais amoureuse de vous. Mais elle n'a pas semblé trop malheureuse. Je me souviens qu'elle a dit que vous n'étiez qu'un bon copain. Et c'est quelques mois plus tard qu'elle a appris à David qu'elle était enceinte. Et elle ne nous a jamais présenté le père. Pauvre Benoît… Mais c'était son choix, après tout. Je n'avais rien à dire contre cela. Il m'est arrivé, à moi aussi, de prendre des décisions qui ont surpris mon entourage. Chacun mène sa vie comme il l'entend. Oui, c'est vraiment un bel endroit ici. Quand je regarde tout cela, il y a des moments de ma jeunesse qui remontent à la surface. Je reviendrai sans doute jaser avec vous… »

Et sur ce, elle a annoncé son départ. Elle m'a tendu la main, elle a embrassé Benoît. « Je m'en vais visiter un logement au centre-ville, a-t-elle dit. Je ne suis pas pour habiter chez David jusqu'à la fin de mes jours. Manuel est allé rencontrer son ancien patron pour voir s'il n'aurait pas du travail pour lui. Heureuse de vous avoir revu, Thomas… »

Elle est partie d'un pas rapide. Un peu comme Annie, elle donnait l'impression de savoir quelle était sa place dans l'existence.

Benoît et moi sommes restés silencieux un long moment. Nous ne savions quoi ajouter. Presque tout avait été dit.

Une jeune mère est passée avec son enfant qui avait peine à la suivre sur ses petites jambes encore fragiles. Il nous a regardés en souriant et nous a envoyé la main. Il a rejoint sa mère en criant.

J'ai fini par dire, pour meubler ce silence : « Oui, Martine, c'est quelqu'un qui ne passe pas inaperçu... »

Benoît n'a rien répondu. Il s'est levé. Il m'a fait, lui également, un petit signe de la main avant de partir.

Je l'ai entendu murmurer : « L'Australie... »

Un homme est passé près de moi, accompagné lui aussi d'un enfant qu'il tenait par la main. Ils se dirigeaient vers les balançoires. Je les regardais s'éloigner et je me disais que c'était là une bien lourde responsabilité, s'occuper d'un jeune enfant... C'était sans doute aussi l'occasion de grands moments de bonheur que je ne connaîtrais probablement jamais.

Je suis retourné à la maison par mes propres moyens, c'est-à-dire lentement. Donatien était occupé à laver le plancher de la cuisine. Lorsqu'il m'a vu rentrer, il s'est arrêté : « Que se passe-t-il ? Tu sembles bouleversé... » Je lui ai affirmé que ce n'était qu'un coup de fatigue. Il m'a alors demandé : « Est-ce la rencontre de Martine qui t'a fait un tel effet ? Je suppose que c'est elle que j'ai vue par la fenêtre avec Benoît... »

Comme il attendait une réponse, je lui ai dit : « Oui, c'est bien elle que tu as vue. Ce n'est pas une femme reposante...

Un vrai coup de vent, elle bouscule tout sur son passage. Elle en dit plus en dix minutes que toi et moi en une journée. Elle s'en allait visiter un logement à louer. Il semble donc qu'elle va rester ici un certain temps. Elle m'a même annoncé qu'elle reviendrait me voir pour jaser. » Donatien a repris son travail sans insister. J'ai alors décidé d'aller me reposer un peu dans ma chambre. J'en avais besoin.

Là, je suis étendu dans mon lit et je regarde le plafond. J'y vois surgir de multiples questions sur fond blanc. Des questions qui me bousculent. Et même si j'ai pris la décision de ne rien précipiter, j'éprouve plus que jamais l'envie d'aller voir Annie et de lui expliquer que je n'en peux plus d'attendre, qu'elle doit me dire ce qu'il en est. Cette Martine, Madame Tornade, est-elle consciente de ce qu'elle a raconté devant Benoît ? Ma relation avec Annie, mon départ pour l'étranger, Annie qui tombe enceinte d'un père inconnu… Il me semble que c'est là une séquence troublante et je comprends très bien pourquoi Benoît n'a rien ajouté.

Pauvre Benoît… Comment vit-il tout cela ? Il demeure bien calme. S'il est capable d'attendre sagement que la vérité lui soit dévoilée, je dois bien être capable d'y parvenir moi aussi… Si je suis son père, je dois lui donner l'exemple… Et si au bout du compte Annie nous apprend que je ne suis pour rien dans la naissance de Benoît, je pense que ce sera une immense déception. Elle a maintenant mon bonheur entre ses mains. Si elle m'annonce que je ne suis pas le père de Benoît, que vais-je devenir ? Un homme en perte d'autonomie qui regarde la vie passer sans plus rien en attendre…

Une lettre d'Annie

Donatien m'a remis une lettre qu'il a trouvée à ma porte en arrivant. Elle ne porte pas de timbre, mais elle m'est bien adressée. En plus, je sais de qui elle vient, car un nom apparaît dans le coin gauche, en haut : Annie Parent. Celle-ci doit l'avoir mise elle-même dans la boîte aux lettres très discrètement. Je n'ai rien entendu. Elle a peut-être pensé sonner, puis elle a changé d'idée... Elle est peut-être passée cette nuit...

Annie a dit qu'elle reviendrait me voir dans le parc pour jaser avec moi. Elle a préféré m'écrire. Cela m'inquiète. Si elle n'est pas capable de me dire les choses de vive voix, c'est que ce doit être terriblement embêtant à formuler. Ce n'est pourtant pas le genre d'Annie de ne pas faire face à la musique... En tant qu'avocate, elle est habituée à prendre la parole. Mais ici, il s'agit de défendre sa propre cause...

Donatien n'a émis aucune remarque. Il a sûrement vu le nom d'Annie sur l'enveloppe, lui aussi. Il sait parfois être très discret et tenir sa langue. Et c'est bien ainsi. J'ai pu le vérifier à quelques occasions. Par contre, il ne se gêne pas pour dire ce qu'il pense quand il juge cela nécessaire. Mais là, il n'a pas ouvert la bouche.

Je suis assis dans le salon depuis au moins cinq minutes, l'enveloppe devant moi. Je dois l'ouvrir, mais je n'y arrive pas. J'ai le sentiment qu'il s'agit là de la lettre la plus importante de toute ma vie.

Quand j'ai reçu par la poste l'offre d'emploi venue de l'Ontario, j'étais très heureux. Mais je me rends compte que ce n'était là qu'un contrat de travail dans lequel on m'indiquait le montant du salaire qu'on me donnerait éventuellement.

Cette fois, c'est infiniment plus. J'ai les mains moites, je me sens un peu oppressé. Mais je n'ai pas le choix, je dois l'ouvrir. Quand je l'aurai lue, cette lettre, je saurai ce que sera ma vie dans les années à venir…

Thomas,

J'ai décidé de t'écrire parce que je me sentais incapable de te dire tout cela de vive voix. Et un peu comme Benoît me l'a confié l'autre jour, il m'arrive, à moi aussi, de m'exprimer plus clairement par écrit. Même si j'ai parfois tendance à faire de bien longs paragraphes… En ce sens, nous tenons tous les deux de David.

J'ai eu une longue conversation avec Benoît. Il m'a raconté tout ce que Martine a dit en votre présence à toi et à lui. Sur le coup, je lui en ai voulu, à celle-là, puis je me suis dit qu'il fallait bien en arriver là un jour. Benoît sait maintenant tout de ses origines. Même s'il affirme le contraire, je crois qu'il m'en veut d'avoir tant tardé à le lui révéler. Par contre, il n'est pas déçu de ce qu'il a appris. J'en ai déjà parlé avec David. Et maintenant ce sera ton tour d'apprendre la vérité, même si je suppose que tu la connais déjà par déduction.

Oui, tu es bien le père de Benoît. Nous avons fait l'amour trois fois. J'avais choisi la bonne période. J'espérais tomber enceinte. Tu me semblais un bon candidat. Autrement dit, je t'ai choisi pour être le père de mon enfant en espérant que cela fonctionnerait. Et cela a fonctionné. Ton désir d'aller travailler ailleurs en anglais m'a un peu agacée au début. J'ai pensé que c'était une façon de t'éloigner de ton père pendant un certain temps. Je me trompais peut-être... Pourquoi ne pas t'en avoir parlé plus tôt ? Tu vas me trouver égoïste, mais je voulais vivre seule avec mon enfant. Je voulais être seule à l'aimer, à le cajoler, à le protéger. Il faudra un jour que j'analyse cette décision plus en profondeur. Peut-être devrai-je consulter un psy pour éclaircir tout cela... Je me suis sentie un peu coupable au début, puis je me suis efforcée d'oublier que Benoît avait un père. Et nous avons été heureux tous les deux. Benoît revenait parfois sur cette question, mais sans trop insister. Je dois admettre par contre que, depuis quelques mois, cela le préoccupe beaucoup plus, même s'il a trouvé en David un père de remplacement. Si je t'avais informé, dès le départ, que j'étais enceinte, qu'aurais-tu fait ? Serais-tu revenu tout de suite vivre ici ? Tu avais, toi aussi, un genre de rêve à réaliser. Tu aurais peut-être été déchiré entre revenir ici et rester en Ontario.

Quand j'ai appris ton retour il y a quelques mois, j'ai compris que la vérité devrait être dévoilée un jour. Le hasard a fait le reste... Tu serais justifié de m'en vouloir et même de me poursuivre en justice pour ce que j'ai fait. À toi de décider... En te revoyant après toutes ces années et en parlant avec toi, j'ai compris que tu serais un bon père pour Benoît. Il t'aime déjà beaucoup. Et je suis maintenant prête à partager cet enfant avec toi. Nous le regarderons vieillir. Et qui sait, un jour, nous deviendrons peut-être à notre tour, grâce à lui, des grands-parents...

Je vais aller te voir, dans les jours qui viennent, dans ce parc où nous nous sommes rencontrés il y a peu de temps. Tu pourras me dire alors comment tu te sens. Et ce que tu penses de moi et de ce que je fais depuis plus de quinze ans… Loin de moi l'idée de banaliser ma façon d'agir. Je suis très consciente que j'ai procédé de manière bien peu orthodoxe.

En t'écrivant, j'ai surtout pensé à Benoît. À son bonheur…

J'espère que tu me comprends et que tu me pardonnes.

Annie

Voilà. Je sais maintenant tout… Je suis assis dans le salon, la lettre ouverte sur les genoux. Un autre à ma place se mettrait à crier. Moi, je n'arrive pas à laisser sortir un son.

Donatien est venu me voir il y a deux minutes. Il me trouvait bien silencieux. Je lui ai tendu la lettre pour qu'il la lise. Lui, il s'est exclamé. Il n'en revenait pas pour moi. Il m'a dit : « Wow ! Quel bonheur pour vous ! Si j'étais à votre place, je serais fou de joie. Mais je ne vivrai probablement jamais cela. Et la paternité va me manquer jusqu'à la fin de mes jours. À moins que… On ne sait jamais… »

J'ai été heureux de partager cela avec Donatien. D'autant plus qu'il a ajouté presque tout de suite :

« C'est, bien entendu, entre vous et moi. Je vous laisse annoncer la chose à qui vous voulez. Mais que vous ayez décidé de partager cette nouvelle avec moi me touche beaucoup. Je vous remercie. » Ça ne me surprendrait pas s'il arrivait demain avec une bouteille de champagne pour fêter l'événement.

Je pense à mon père qui ne connaîtra jamais son petit-fils. Je pense aussi à ma mère. Pourvu qu'elle ait encore quelques bonnes journées pour comprendre la situation, pour savoir qu'elle est grand-mère et que Benoît n'est pas un bénévole comme les autres.

Et dans quelques heures ou demain peut-être, je verrai mon fils. Et nous parlerons ensemble de tout et de rien. Peut-être aussi de choses essentielles…

Benoît

J'ai rencontré Thomas pour la première fois depuis qu'il a appris que je suis son fils.

Si je ne l'avais jamais vu de ma vie, j'aurais sans doute été pris de panique. Heureusement, je le connaissais déjà un peu.

Je savais que c'était quelqu'un de gentil. Ce qu'on peut appeler une bonne personne.

Malgré cela, je ne savais pas quoi dire. Comme si cette belle relation qui s'était établie entre nous n'était pas suffisante pour vraiment me faciliter les choses.

Thomas était cet homme que j'avais appris à connaître et, pourtant, il n'était plus vraiment le même à mes yeux.

Il éprouvait probablement un sentiment semblable à mon endroit.

Je ne savais pas quoi dire. De toute façon, je me sentais incapable de prononcer un seul mot.

À mon grand soulagement, c'est lui qui a pris la parole en premier. Il parlait plus lentement que d'habitude. Comme s'il ne voulait pas se tromper.

Il a dit : *Au début, je n'y croyais pas vraiment. Je me disais que c'était une folie de penser que tu pouvais être mon fils. Puis, peu à peu, j'ai compris que j'avais raison d'espérer. J'ai décidé d'attendre parce que j'avais aussi un peu peur de la vérité. Mais depuis quelques jours, je l'attendais, cette vérité, avec impatience. J'espérais qu'Annie ne nous ferait pas languir plus longtemps. Mon bonheur est immense. J'espère que tu n'es pas déçu d'avoir enfin retrouvé ton père…*

J'avais la gorge nouée. J'ai dû respirer un peu avant de lui répondre enfin : *Je suis loin d'être déçu. C'est même le contraire. J'en ai parlé à Ève et à Marco. Ils sont contents pour moi. David également.*

Thomas a ajouté : *Nous allons faire un bout de chemin ensemble. J'espère être à la hauteur…*

Le malaise que je ressentais au début a disparu. J'ai commencé à mieux respirer. Je me sentais de nouveau à l'aise avec lui.

Je lui ai dit en souriant : *D'après ce que je connais de toi, je pense que ça va aller…*

Il m'a regardé en souriant lui aussi. Il avait l'air effectivement d'un homme heureux.

On est restés un bon moment, assis dans le parc, à observer les gens qui passaient.

Je pense qu'on n'avait pas envie d'en dire plus pour l'instant.

Lorsqu'une petite pluie s'est mise à tomber, j'ai aidé Thomas à rentrer à la maison.

Donatien nous attendait. Il avait préparé un repas pour trois personnes. J'ai téléphoné à Annie pour lui dire de ne pas compter sur moi pour le souper.

Thomas a mis de la musique. Un disque qui a pour titre *The Ground.*

Il a fait remarquer : *C'est le Tord Gustavsen Trio. C'est bien différent de la musique bruyante qu'on entend un peu partout. Non ?…*

Il y avait là d'autres CD, de musiciens que je ne connaissais pas : Paolo Fresu, Myriam Alter, Enrico Pieranunzi, Eddy Higgins, Keith Jarrett, The Modern Jazz Quartet…

Je devrai m'y habituer. Cette musique semble vraiment faire partie de sa vie.

Donatien s'est approché de moi. Il a chuchoté : *Ne t'en fais pas. Je ne connaissais rien au jazz quand je suis arrivé ici…*

* * *

Aujourd'hui, je suis allé rendre visite à Maureen avec Thomas. Je devrais plutôt écrire grand-mère Maureen… Elle ne va pas très bien depuis quelques jours. Elle ne parle plus. Thomas lui a simplement dit : *Tu connais Benoît… Il est déjà venu te voir…*

Elle m'a souri et m'a touché la joue de sa main.

Sur ce, le médecin est passé. C'est un Noir d'origine haïtienne. Il sourit tout le temps. Il a toujours la tête penchée vers la gauche et cela lui donne un drôle d'air.

Il nous a dit de garder l'espoir. Il a confiance que Maureen retrouvera la parole. *C'est une personne encore pleine de vie*, a-t-il ajouté. *Je pense qu'elle sera avec nous pendant un bon moment. Et qu'elle nous offrira encore de nombreux dessins…*

Il est reparti, toujours souriant. Dans son pays d'origine, il a dû en voir bien d'autres…

Thomas préfère, pour l'instant, ne pas expliquer la situation à sa mère. Il a peur de la perturber encore plus. Si elle va mieux dans les jours qui viennent, il décidera de quelle façon agir. Je lui fais confiance.

Quand elle ira mieux, j'emmènerai David la rencontrer. Mon grand-père et ma grand-mère… Je pense, depuis déjà un bon moment, que ces deux-là vont bien s'entendre Elle le connaît peut-être de réputation…

* * *

J'ai réfléchi longuement à ma nouvelle situation. J'ai maintenant un père et une mère qui ne vivent pas ensemble.

Que dois-je faire ? Est-ce que je dois continuer à habiter uniquement chez Annie ?

Si je veux vraiment apprendre à connaître Thomas, il faudrait peut-être que je passe plus de temps avec lui.

Je pourrais alterner, une semaine chez l'un, une semaine chez l'autre.

Mais que dira Annie si je lui propose cette sorte d'arrangement ?

Si elle a décidé de ne pas avoir d'homme en permanence dans sa vie, c'est justement pour élever son enfant seule.

À vrai dire, je ne suis plus un enfant. Elle m'a donné pas mal tout ce qu'elle voulait me donner pour me préparer à la vie d'adulte…

* * *

J'ai parlé de ça avec Annie à l'heure du souper. Je lui ai exposé comment je voyais les choses en essayant de prendre un air détendu alors que je ne l'étais pas du tout.

Il y a eu un très long silence.

On écoutait le bulletin de nouvelles en mangeant. Par chance que la télé était là pour meubler le silence.

Je suis persuadé qu'Annie n'écoutait pas ce qu'on y disait.

En tout cas, en ce qui me concerne, je regardais les images sans parvenir à comprendre quoi que ce soit. Il y avait des soldats qui défilaient. Ils se préparaient peut-être à partir pour l'Afghanistan.

Il faudrait que je demande à David de m'expliquer ce qui se passe là-bas. Tout ça a l'air très compliqué…

Puis deux belles filles souriantes et bronzées sont apparues à l'écran. Peut-être une annonce de bière…

Annie a vidé son assiette, toujours en silence.

Quand elle a pris la parole, j'ai senti qu'elle allait dire quelque chose de très important, pour elle et pour moi: *Bon, admettons que je suis d'accord pour que tu fasses des séjours chez Thomas. Disons… une semaine par mois, pour commencer. S'il veut de toi, bien entendu…*

Puis elle a éclaté de rire et elle m'a pris dans ses bras. Après quelques secondes, je ne savais plus si elle riait ou si elle pleurait.

La sonnerie du téléphone a résonné.

C'était son amie Odile, qui voulait prendre de ses nouvelles. Je pense qu'elles sont maintenant liées pour la vie.

J'ai entendu Annie la mettre au courant de tout ce qui se passait dans notre famille ces jours-ci.

C'était à mon tour de faire la vaisselle. Pendant que j'étais débout devant l'évier, c'est l'expression *accommodements raisonnables* qui me trottait dans la tête.

J'avais l'impression, pour la première fois, de commencer à comprendre un peu ce que ça signifiait…

* * *

La belle histoire d'amour entre Marco et Léa est terminée. C'est elle qui a décidé de rompre. Marco se demande si elle l'a laissé pour un autre gars. Il le saura bien assez vite.

Il affirme qu'il ne trouvera plus jamais une fille comme Léa. Qu'il n'était pas digne d'elle. Il est complètement déprimé.

Marco est très malheureux, il aura besoin de moi dans les jours qui viennent.

Ève et Odile s'aiment toujours autant. Mais elles ont toujours autant de difficulté à convaincre les parents d'Odile que leur situation est normale.

Elles auront besoin de moi, elles aussi.

* * *

Vers l'heure du midi, je marchais seul en écoutant de la musique et en pensant à tout ce qui m'était arrivé au cours des derniers mois.

Les gens qui sont entrés dans ma vie : Thomas, Maureen, Maurice, Donatien…

Quelqu'un m'a touché l'épaule. Je me suis retourné. C'était Lyne, une des deux vedettes du concours sexuel qui s'est déroulé à l'école vers la fin de l'année scolaire.

Elle m'a souri et j'ai enlevé mes écouteurs.

Elle m'a demandé ce que j'écoutais. J'ai répondu : *Harmonium. C'est un ancien groupe revenu à la mode. Tu connais ?*

Elle m'a fait signe que non et on a marché ensemble pendant un moment.

Au bout de quelques minutes, elle a dit : *Tu as dû me trouver stupide, pour le fameux concours. Je ne sais pas ce qui m'a pris de faire ça... J'ai abandonné après quelques semaines. C'était vraiment poche comme idée. Je ne pouvais plus sortir de chez moi sans qu'on me fasse des avances. Quelqu'un avait mis ma photo sur Internet avec mon numéro de téléphone. Tout ça est venu aux oreilles de mes parents. Ils étaient en furie ! Je ne sais vraiment pas ce qui m'a pris de faire ça... Les voisins qui m'aimaient bien depuis toujours me regardent bizarrement maintenant...*

Je me contentais de l'écouter. Je ne voyais pas ce que je pouvais lui répondre.

On est entrés au Faste Fou pour prendre une bouchée. Et on a parlé. De tout et de rien. Mais aussi de mon père.

Elle savait ce qui venait de m'arriver. Elle a dit : *Je suis très contente pour toi. Ça doit être super de découvrir qui est son père à notre âge. Ou c'est peut-être bien compliqué... En tout cas, tu sembles plutôt heureux...*

À ce moment-là, des gens que je connaissais sont entrés. Ils m'ont salué de loin. Ils m'ont vu en grande conversation avec Lyne. Je les ai entendus rire. La rumeur va courir...

Quand elle est partie, elle m'a suggéré : *J'aimerais ça si on se revoyait. J'aime bien parler avec toi. Je sens que tu ne me juges pas...*

C'est une belle fille, intelligente. Mais qui a commis une grosse folie et qui en paie actuellement le prix.

Elle m'a confié que des gars lui font encore des avances, sans se gêner, et que ça tourne parfois à l'engueulade. Pauvre fille...

Vais-je essayer de la revoir ? Je dois avouer que ça me tente. C'est un beau problème...

Je pense que je vais avoir besoin des conseils de mes amis, Ève et Marco.

Je pourrais aussi en parler à mon père…

23 Août 2010

	TOURNOI DE GOLFDU MAIRE DE SAINT-JÉRÔME	322-I
	Événements spéciaux	323-A
	Événements spéciaux	323-B
	Événements spéciaux	323-C
	Événements spéciaux	323-D
	GLISSADE SUR TUBES CÔTE PARENT	324-A
	GLISSADE SUR TUBES	324-B
	GLISSADE SUR TUBES	324-C
	GLISSADE SUR TUBES	324-D

Notes

* La citation *Vivre est notre seule chance*, p. 26, est extraite de *L'Est en West*, de Jean Pierre et Aurélie Girard, Québec Amérique, 2002.

* L'expression *des chemins détournés*, p. 43, a été inspirée à l'auteur par le titre d'un livre de Claude R. Blouin : *Les chemins détournés*, Hurtubise HMH, 1982.

* L'auteur remercie René, Thomas et Jérémy Gour qui l'ont aidé à se familiariser avec le vocabulaire utilisé parfois par les adolescents.

Table

Dans la même collection

Donald Alarie, *David et les autres.*
Donald Alarie, *Tu crois que ça va durer?*
Émilie Andrewes, *Eldon d'or.*
Émilie Andrewes, *Les mouches pauvres d'Ésope.*
J. P. April, *La danse de la fille sans jambes.*
J. P. April, *Les ensauvagés.*
J. P. April, *Mon père a tué la Terre.*
Aude, *Chrysalide.*
Aude, *L'homme au complet.*
Noël Audet, *Les bonheurs d'un héros incertain.*
Noël Audet, *Le roi des planeurs.*
Marie Auger, *L'excision.*
Marie Auger, *J'ai froid aux yeux.*
Marie Auger, *Tombeau.*
Marie Auger, *Le ventre en tête.*
Robert Baillie, *Boulevard Raspail.*
Katia Belkhodja, *La peau des doigts.*
André Berthiaume, *Les petits caractères.*
Lise Blouin, *Dissonances.*
André Brochu, *Les Épervières.*
André Brochu, *Le maître rêveur.*
André Brochu, *La vie aux trousses.*
Serge Bruneau, *Bienvenue Welcome.*
Serge Bruneau, *L'enterrement de Lénine.*
Serge Bruneau, *Hot Blues.*
Serge Bruneau, *Rosa-Lux et la baie des Anges.*
Roch Carrier, *Les moines dans la tour.*
Daniel Castillo Durante, *Ce feu si lent de l'exil.*
Daniel Castillo Durante, *La passion des nomades.*
Daniel Castillo Durante, *Un café dans le Sud.*
Normand Cazelais, *Ring.*
Denys Chabot, *La tête des eaux.*
Pierre Chatillon, *Île était une fois.*
Anne Élaine Cliche, *Mon frère Ésaü.*
Anne Élaine Cliche, *Rien et autres souvenirs.*
Hugues Corriveau, *La gardienne des tableaux.*
Hugues Corriveau, *La maison rouge du bord de mer.*
Hugues Corriveau, *Parc univers.*
Esther Croft, *De belles paroles.*
Esther Croft, *Le reste du temps.*
Claire Dé, *Sourdes amours.*
Guy Demers, *L'intime.*
Guy Demers, *Sabines.*
Jean Désy, *Le coureur de froid.*
Jean Désy, *L'île de Tayara.*
Danielle Dubé, *Le carnet de Léo.*
Danielle Dubé et Yvon Paré, *Le bonheur est dans le Fjord.*
Danielle Dubé et Yvon Paré, *Un été en Provence.*
Louise Dupré, *L'été funambule.*
Louise Dupré, *La Voie lactée.*
Sophie Frisson, *Le vieux fantôme qui dansait sous la lune.*
Pierre Gariépy, *Blanca en sainte.*
Pierre Gariépy, *Lomer Odyssée.*
Jacques Garneau, *Lettres de Russie.*
Bertrand Gervais, *Gazole.*
Bertrand Gervais, *L'île des Pas perdus.*
Bertrand Gervais, *Le maître du Château rouge.*
Bertrand Gervais, *La mort de J. R. Berger.*
Bertrand Gervais, *Tessons.*
Mario Girard, *L'abîmetière.*
Sylvie Grégoire, *Gare Belle-Étoile.*
Hélène Guy, *Amours au noir.*
Anne Guilbault, *Joies.*
Louis Hamelin, *Betsi Larousse.*
Young-Moon Jung, *Pour ne pas rater ma dernière seconde.*
Andrée Laberge, *Le fin fond de l'histoire.*
Andrée Laberge, *La rivière du loup.*
Micheline La France, *Le don d'Auguste.*
Andrée Laurier, *Horizons navigables.*
Andrée Laurier, *Le jardin d'attente.*
Andrée Laurier, *Mer intérieure.*
Claude Marceau, *Le viol de Marie-France O'Connor.*
Véronique Marcotte, *Les revolvers sont des choses qui arrivent.*
Patrice Martin, *Le chapeau de Kafka.*
Felicia Mihali, *Luc, le Chinois et moi.*
Felicia Mihali, *Le pays du fromage.*
Pascal Millet, *L'Iroquois.*
Marcel Moussette, *L'hiver du Chinois.*
Clara Ness, *Ainsi font-elles toutes.*
Clara Ness, *Genèse de l'oubli.*
Paule Noyart, *Vigie.*
Madeleine Ouellette-Michalska, *L'apprentissage.*
Yvon Paré, *Les plus belles années.*
Jean Pelchat, *La survie de Vincent Van Gogh.*
Jean Pelchat, *Un cheval métaphysique.*
Michèle Péloquin, *Les yeux des autres.*
Jean Perron, *Les fiancés du 29 février.*
Daniel Pigeon, *Ceux qui partent.*
Daniel Pigeon, *Chutes libres.*
Daniel Pigeon, *Dépossession.*
Daniel Pigeon, *La proie des autres.*
Hélène Rioux, *Âmes en peine au paradis perdu.*
Hélène Rioux, *Le cimetière des éléphants.*
Hélène Rioux, *Mercredi soir au Bout du monde.*
Jean-Paul Roger, *Un sourd fracas qui fuit à petits pas.*
Martyne Rondeau, *Game over.*
Martyne Rondeau, *Ravaler.*
Martyne Rondeau, *Ultimes battements d'eau.*
Jocelyne Saucier, *Les héritiers de la mine.*
Jocelyne Saucier, *Jeanne sur les routes.*
Jocelyne Saucier, *La vie comme une image.*
Adrien Thério, *Ceux du Chemin-Taché.*
Adrien Thério, *Marie-Ève! Marie-Ève!*
Adrien Thério, *Mes beaux meurtres.*
Gérald Tougas, *La clef de sol et autres récits.*
Pierre Tourangeau, *La dot de la Mère Missel.*
Pierre Tourangeau, *La moitié d'étoile.*
Pierre Tourangeau, *Le retour d'Ariane.*
André Vanasse, *Avenue De Lorimier.*
France Vézina, *Léonie Imbeault.*